INTRODUCING JOYCE: A GRAPHIC GUIDE (4TH EDITION) BY DAVID NORRIS AND ILLUSTRATED BY CARL FLINT
Text and illustrations copyright © 2013 Icon Books

This edition arranged with Icon Books Ltd & The Marsh Agency Ltd.
Through BIG APPLE AGENCY, INC., LABUAN, MALAYSIA
Simplified Chinese edition copyright:
2025 SDX JOINT PUBLISHING CO. LTD
All rights reserved.

图画通识丛书
A Graphic Guide

乔 伊 斯

Introducing Joyce

[爱尔兰] 戴维·诺里斯（David Norris）/ 文

[英] 卡尔·弗林特（Carl Flint）/ 图

李晖 / 译

Simplified Chinese Copyright © 2025 by SDX Joint Publishing Company.
All Rights Reserved.
本作品简体中文版权由生活·读书·新知三联书店所有。
未经许可，不得翻印。

图书在版编目（CIP）数据

乔伊斯 /（爱尔兰）戴维·诺里斯（David Norris）文；（英）卡尔·弗林特（Carl Flint）图；李晖译. 北京：生活·读书·新知三联书店，2025. 4. --（图画通识丛书）. -- ISBN 978-7-108-08029-5

Ⅰ . I562.065

中国国家版本馆 CIP 数据核字第 2025RX1681 号

责任编辑	李静韬
装帧设计	张 红　康 健
责任校对	张国荣
责任印制	李思佳
出版发行	生活·讀書·新知 三联书店
	（北京市东城区美术馆东街 22 号　100010）
网　　址	www.sdxjpc.com
图　　字	01-2022-4376
经　　销	新华书店
印　　刷	河北松源印刷有限公司
版　　次	2025 年 4 月北京第 1 版
	2025 年 4 月北京第 1 次印刷
开　　本	787 毫米 × 1092 毫米　1/32　印张 5.75
字　　数	50 千字　图 170 幅
印　　数	0,001 − 6,000 册
定　　价	39.00 元

（印装查询：01064002715；邮购查询：01084010542）

目 录

001 语言是理解乔伊斯的关键

003 严谨的写实主义者

004 都柏林 1904 年

008 对都柏林的痴迷

010 都柏林的档案管理员

014 丹媞的地狱

015 "啄掉他眼珠子……"

016 学生时期

023 帕内尔的盛衰浮沉

028 *A.M.D.G.*（愈显主荣）

030 都市夜色

032 易卜生的辩护者

034 书评人乔伊斯

036 波希米亚青年

044 命运多舛的一年，命里注定的一天

045 1904 年 6 月 16 日

046 私奔

049 马特洛炮塔

058 涉足电影业的乔伊斯

062 《都柏林人》与"精心刻画的卑俗"

064 有限的调色板——却绘制出包罗万象的画面

066 《姊妹》

073 把线索拼缀起来……

074 灵显的技法

076 某个青年艺术家的肖像

078 代达洛斯的双重意味

082 第一章：从母胎状态开始

084 第二章：学生时代

086 帕内尔的阴影……

088 第三章：悔罪

092 第四章：拒绝成为神职人员

- 098 第五章：他人造成的语言阴影
- 102 至于批评家的说法……
- 103 眼珠子，道歉……
- 104 经济救援
- 105 20世纪现代主义的一部关键杰作
- 106 三维人物形象
- 107 荷马的《奥德修纪》
- 108 喜剧化的转译
- 110 便利读者的导览图表
- 112 荷马的独眼巨人
- 114 乔伊斯的独眼巨人
- 115 "甩货"：一次偶然误会
- 118 生活模仿艺术
- 119 埃克尔斯街7号
- 122 普罗透斯：思想的复杂性
- 124 意识流
- 126 意识流的一则范例
- 128 塞壬
- 134 第二部分第十章：瑙西卡
- 136 是的……
- 138 解决，还是确认？
- 139 《尤利西斯》的出版
- 142 沙利文的捍卫者
- 143 老罪人之死
- 144 女儿精神崩溃
- 146 《芬尼根守灵夜》
- 147 夜晚之书
- 148 它是用什么语言写的？
- 149 一位爱尔兰（盲）人的报复
- 150 性的故事
- 151 HCE 与 ALP
- 155 但它为什么取名为《芬尼根守灵夜》？
- 157 完美的回环
- 158 维柯的历史回环
- 159 ALP 简介
- 160 肮脏的亵衣
- 162 河流的长发
- 166 代表人类普遍历史的河流
- 167 ALP 的悲怆
- 170 流亡者的最后一次流亡
- 172 延伸阅读
- 174 致谢
- 175 译者说明
- 176 索引

语言是理解乔伊斯的关键

乔伊斯在瑞士苏黎世创作《尤利西斯》期间，某一天遇见了朋友弗兰克·巴吉恩。不同寻常的是，乔伊斯显得心满意足，看来那一天他收获颇丰。

  乔伊斯的乐感极好,而贯穿于小说行文之间的音声节奏,一直是他认为至关重要的东西。对于乔伊斯的读者来说有一条黄金法则:**遇到疑惑不解的地方,就把它大声念出来**。即使在最晦暗的时刻,乔伊斯作品里也仍然保留着一道富含幽默感的矿脉。它们容纳了许多令人捧腹的精彩老式笑料,也有一些拐弯抹角、让人不禁莞尔的内容,但是只有细心的读者才能获得这种回报。

严谨的写实主义者

詹姆斯·乔伊斯醉心于完善自己的写作技艺，终其一生矢志不渝。贫穷、疾病、家庭问题和两次世界大战都无法对他形成阻遏。他努力发挥自己屡遭误解的天赋，从来不曾动摇。

语言是他的原始质料，他运用各种极致的测试方法与准则对它进行加工，而这些方法准则往往更符合人们对诗歌的预期。他在处理自己的主题内容时，也展现出同样连贯一致的标准。他是毫不妥协的写实主义者，虽然他笔下的人类经验领域一度被视为过于卑俗、过于个人化、过于私密，或者过于猥亵而不足以成为艺术主题。尤为难得的是，他将维多利亚时代缠绕在性主题层面的蛛网尘灰吹拂干净，并且用一种革命性的诚实态度予以呈现。通过这些做法，他英勇无畏地拓展了人类精神发展的领域。

都柏林 1904 年

乔伊斯最重要的特征,是一位典型的现代主义城市生活的记录者。

尽管乔伊斯 1904 年就开始创作《都柏林人》,但他自 1900 年离开这座城市,直到 1912 年才返回。但在其剩余的二十八年海外流亡生涯里,都柏林却是他唯一的书写对象。

对乔伊斯来说,这个城市逐渐在时光中凝结——1904 年爱德华时代的都柏林,到处是轻便出租马车、煤气灯和英国士兵。在这座约有 50 万人口的城市,尊严体面与颠覆精神携手并行。

在都柏林群山的映衬下，绵延海岸宛如沉睡者的臂弯，半面环绕着这座大都市。利菲河（乔伊斯笔下的"安娜·利维娅"）从山麓奔涌而出，沿着一道巨大的弧线蜿蜒前行，流经整个城市，再汇入大海。都柏林的爱尔兰名称为"**巴里·阿萨·克利阿斯**"（Baile Átha Cliath），即"有编栅河堤渡口的城镇"，意味着此处渡河比较方便。

> 我有幸出生在这样一座城市，它大到足以跻身欧洲之都的行列，又小到能够让人从整体上把握理解。

都柏林由维京人在 1000 多年前建成——尽管此前几百年,在托勒密的地图上就已经显示这里已有某种形式的定居点。

18 世纪是都柏林短暂辉煌的时期,当时它作为首都,还曾经成立过独立的议会。然而,1800 年《联合法案》的颁布导致爱尔兰的国会机构化为乌有,都柏林的荣光从此不复存在。

贵族阶层气势恢宏的城中宅邸遭到废弃,最初是落入新崛起的天主教市民阶层手里,后来又变成廉租公寓的地盘。

以下是乔伊斯对亨利埃塔街的描述。这里曾经是乔治时代都柏林建筑风格最精致的街道。

……一群浑身污垢的孩子遍布大街。他们站在道路中间,或者沿街奔跑,或是爬上敞开屋门前的台阶,或是像老鼠似的蹲在门槛上……他轻车熟路地穿过这卑微虫豸的生活场景,走过鬼魅般憔悴的府邸巨栋投下的一道道阴影,那里曾经是都柏林旧贵族喧闹聚饮的场所。

都柏林的"旧贵族"是倨傲而缺乏代表性的新教精英。他们与詹姆斯·乔伊斯的出生地,与说盖尔语、信奉天主教的爱尔兰关联甚微。

从都柏林的城市地图上,可以稍稍领略这些过往的贵族老爷(或所谓"上等人")的浮夸观念。18世纪的一位大地主德罗赫达伯爵亨利·莫尔,居然拆开了自己的姓名头衔,将它们逐个赋予都柏林市中心的数条街道。

对都柏林的痴迷

乔伊斯当年跟随父亲约翰·斯坦尼斯劳斯·乔伊斯在都柏林漫步时记住了许多逸闻趣事。"18世纪有个浪荡子巴克·威利，他因为跟人打赌而徒步走到耶路撒冷，还对着城墙玩了会儿墙手球。还有'山羊剥皮佬'，他与人合谋参加过轰动一时的政治刺杀事件。再就是冒牌乡绅弗兰西·息金斯……"这些形象鲜活的怪人，后来都在乔伊斯作品里相继闪现。

按照他父亲的说法，乔伊斯那时虽然还是个孩子，却已经显示出非凡的记忆力与探索精神。

有人问中年时期的乔伊斯，他究竟还回不回都柏林。"我离开过吗？"他答道，"等我死后，人们会发现都柏林已经铭刻在我心里了。"

尽管乔伊斯热爱这座城市，却对它表现得冷酷无情。"一战"前，他在的里雅斯特对一群困惑不解的听众说："都柏林人从严格意义上说是我的同胞，但我不喜欢用他们那种方式谈论我们'肮脏、亲爱的都柏林'。我走遍爱尔兰全岛或欧洲大陆，也找不到比都柏林人更没指望、更窝囊、更反复无常的人群。本届英国国会充斥着全世界最能吹嘘的牛皮大王，原因就在于此。"

都柏林的档案管理员

就算都柏林毁于一旦，它也能根据我的著作内容获得重建。

其实，严格地说，这种吹嘘之词并非实情。乔伊斯的著作很少涉及这座城市的建筑细节。他对都柏林市民生活的关注，胜过他对各家房屋寓所的兴趣。真正让他心驰神迷的，是这座城市的道德与心理景观。

"乔伊斯,乔伊斯,哎呀,他就是一个无名小辈:都柏林码头出身,没什么家世,也没有教养。"(乔治·莫尔,爱尔兰小说家,1922年)

詹姆斯·乔伊斯生于 1882 年 2 月 2 日。他的出生地并非有些人声称的都柏林贫民区,而是郊区拉思加尔的布莱顿广场 41 号。这里气氛静谧,四周都是维多利亚风格、红砖砌筑的高档房屋。

起初他的生活环境安逸舒适,至少这是一个颇有音乐素养的家庭。他父母嗓音条件都很好,还对歌剧感兴趣。

唱词旋律优美——可是,天哪!实在感伤造作……

乔伊斯在他的虚构小说里大量添加了维多利亚时代的流行民谣和歌剧唱段,但无一例外都带有反讽意味。

他父亲约翰·斯坦尼斯劳斯·乔伊斯最初堪称模范家长。他陪詹姆斯玩亲子游戏,跟他一起用小孩子的语言叽里呱啦说话,还给儿子编故事,听得他如痴如醉。

乔伊斯记住了这头"哞哞牛",还拿它给自己第一部长篇小说**《一个青年艺术家的肖像》**作为开头。

*嗒裏(Tuckoo)既代表"美餐",也有"裹在被窝里面"的意思。——译注

他母亲玛丽·简·穆雷是朗福德酒商的女儿,一个娴静平和的女子,性格温柔而富有涵养。起初她不曾意识到自己嫁给了一个酒鬼,后来又生下一名天才。穆雷先生强烈反对女儿跟放纵不羁的约翰·乔伊斯交往,还试图阻止两个人确定恋爱关系。

丹媞的地狱

乔伊斯最初在赫恩·康韦夫人的监护下接受家庭教育。这名曾经遭人抛弃的女子是他的远房表姑。乔伊斯把"姑姑"(Auntie)错念成发音与"但丁"相同的"丹媞"(Dante),也颇为恰当,因为康韦夫人(在《一个青年艺术家的肖像》里变成了虚构角色丹媞·赖尔登)对地狱怀有一种但丁式的执迷。她带詹姆斯和他弟弟斯坦尼斯劳斯前往爱尔兰国家美术馆,还让他俩去观看一幅名为《末日审判》(The Last Day)的画作。

"啄掉他眼珠子……"

詹姆斯在四五岁的时候宣称,自己以后要跟当地药店老板的女儿艾琳·万斯结婚。丹媞感到震怒不已,因为艾琳是新教徒。她把詹姆斯撵得绕桌子乱跑,而乔伊斯太太一如既往地试图平息她的怒气。

这幕场景同样出现在《一个青年艺术家的肖像》里。

学生时期

1888年9月,六岁半的乔伊斯被父母送到著名的耶稣会寄宿学校,基尔代尔郡的克朗戈斯伍德学院。

* "告状"(peach)为爱尔兰俗语,意为"打小报告"或"告密"。——原注

小詹姆斯是全校年龄最小的男孩子。

你多大了？

六岁半。

有一段时间，"六岁半"变成了他在克朗戈斯伍德学院的绰号。虽然詹姆斯是好学生，却觉得自己与外界格格不入，在团队比赛中也毫不突出。他后来跑步成绩很好，这让他感到满意，觉得以后能按照自己的心愿独来独往了。学校处罚记录显示，他因为"用语粗鄙"和其他轻微过错而受过惩戒。当时学校会拿一种硬质皮革器具"戒鞭"来抽打犯错的学生。

在此期间,由于乔伊斯父亲对政治和酒精的沉迷,乔伊斯家的经济条件每况愈下。《一个青年艺术家的肖像》在结尾处对他父亲的各种职业进行了反讽式的总结。

医学生、划桨手、男高音、业余演员、高声吆喝的政客、小房东、小投资者、酒徒、好伙计、讲故事的、某人秘书、酿酒厂里管事的、收税员、破产者——目前负责给自己的往事唱赞歌。

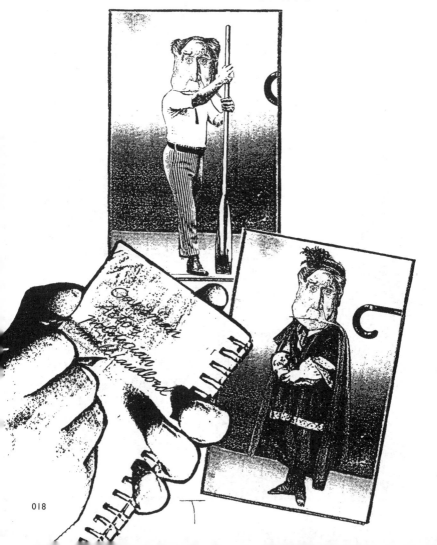

约翰·斯坦尼斯劳斯·乔伊斯在科克就读医学院的头一年里表现相当出色，但随后就飘忽转移到更加风光耀眼的场合，变成学校戏剧表演和运动会上的明星。

接踵而来的历次失败，都由于他获取的一系列家族遗赠而得以缓解，虽然这些钱至少给他早年的婚姻生活带来了某种稳定，但最终还是被他挥霍一空。

他外祖父是约翰·奥康奈尔（号称是19世纪的伟大政治家、天主教解放运动的倡导者，人称"解放者"丹尼尔·奥康奈尔的堂兄弟）。1870年7月4日是约翰·乔伊斯二十一岁的生日，而奥康奈尔在当天赠送给他的礼物是1000英镑巨款。

结果他刚拿到钱就逃出家门，准备参加当月投入普法战争的法国军队。他母亲怒不可遏，动身出门追赶，终于在伦敦把他拦截下来，带回了科克。

这段时期芬尼党人（极端共和派）采取的一系列冒失越轨行为，导致约翰·乔伊斯的母亲在 1874 年或 1875 年决定带他移居都柏林。他尝试在这个地方做生意，还给一个名叫亨利·阿莱恩的科克郡同乡投资，参加他组建的都柏林与查普利佐酿酒公司。

这件事的余韵回响，汇入了《都柏林人》、《一个青年艺术家的肖像》、《尤利西斯》和《芬尼根守灵夜》等作品中。

约翰·乔伊斯随后开始关注政治。作为都柏林联合自由俱乐部的秘书，他极其巧妙地完成了 1880 年 4 月 18 日大选的组织工作，最后成功更替了上一届英国国会都柏林选区的两名保守党议员亚瑟·吉尼斯[*]（就是那位爱尔兰酿酒商）和詹姆斯·斯特林的席位。

那一天我威风凛凛，我永远也不会忘记。所有人都夸赞我。我从每个会员那里收到了 100 几尼。我的天哪，凌晨 3 点了，大家仍然兴高采烈，我是整场活动的英雄人物，因为他们说是我赢得了这场选举。万能的天主啊，我这辈子都没见过那样喝香槟的。我们等不及打开瓶塞，直接就在大理石吧台的桌沿上磕开了瓶口斟酒。

这段反复讲述的光荣事迹，最终出现在《芬尼根守灵夜》里。

---

[*] 吉尼斯为健力士啤酒的同名创始人。——译注

在胜利光芒的照耀下，约翰·乔伊斯与玛丽·简·穆雷在次月（5月5日）成婚。他繁衍后代的能力，不亚于他在生活当中挥霍浪费的水平。他们总共生育了十三个子女，其中的十个孩子不曾在幼年夭折，活到了成年。詹姆斯·乔伊斯是他第二个儿子，在幸存下来的孩子里最年长。为了维持自己原有的生活方式，约翰·斯坦尼斯劳斯开始采取抵押资产的对策。

等到最后一个孩子梅布尔（"宝贝"）在1897年11月降生，家里办理了十份抵押贷款来养活十个孩子。

帕内尔的盛衰浮沉

除了生养孩子以外,约翰·乔伊斯还衷心景仰民族主义领袖查尔斯·斯图亚特·帕内尔。帕内尔是贵族出身的英裔爱尔兰新教教徒,却深受普通民众的欢迎,被称为"爱尔兰的无冕之王"。

对于生活境遇呈螺旋式下滑的乔伊斯一家来说,帕内尔突飞猛进的政治崛起是某种意义上的补偿。

随着 1891 年秋季学期的到来，由于学费资金来源朝不保夕，九岁的詹姆斯只好从克朗戈斯伍德学院退学。

> 帕内尔也注定要毁灭了！

帕内尔与政治盟友威廉·奥谢上尉妻子通奸的秘密被公之于众，他的声名最终毁于一旦。所有人都知道了这桩绯闻。

> 说到底，通奸和猎狐还是英国统治阶级的主要消遣——过去和现在都一样！

帕内尔的飞来横祸，导致乔伊斯一家越发堕入黯淡的生活状态。这对幼年詹姆斯的影响极深。帕内尔变成了他在所有散文体作品里置入的一个神话般的形象。

帕内尔的毁灭，在约翰·乔伊斯和他那些密友讲述的故事里得到了生动描述，并且为乔伊斯发表的第一篇作品提供了灵感。这是一首名为《还有你，希利？》的诗歌，它猛烈抨击的目标是帕内尔的背叛者，尤其是他那位狡诈的副手，提姆·希利。

这首诗目前没有任何印本留存，只有乔伊斯的弟弟斯坦尼斯劳斯记载的一个简短片段：

他的奇异鹰巢栖居在时间巉岩之上

这个世纪的粗暴喧嚣

无法再让他困扰

乔伊斯先生声称给梵蒂冈图书馆寄过一册印本，并且希望获得教皇本人的启迪。这一册材料同样无迹可寻。

帕内尔的耻辱结局，为约翰·乔伊斯提供了酗酒的方便托词。一家人不断搬迁，离内城北部的贫民区越来越近。

全家人剩下的一点可怜家当里面，始终留存着几幅镀金镶框的祖辈肖像画，还有戈尔韦郡的乔伊斯家族徽章，徽章上附有一句近乎不妥当的格言 *Mors Aut Honorabilis Vita*（**死生不计，勿失荣名**）。

詹姆斯和斯坦尼斯劳斯现在被送到了北里士满街的基督教兄弟学校。在此之前,约翰·乔伊斯偶然遇见了克朗戈斯伍德学院的前主管、现任贝尔韦迪尔主管的堂区神父康密,后者最终答应给兄弟两人提供名额,让他们进入另外这所优秀的耶稣会学校。

这件事也同样出现在《一个青年艺术家的肖像》里。

A.M.D.G.（愈显主荣）

乔伊斯再次获得与"年轻绅士"相匹配的教育条件。但是这跟他被迫接受的真实家庭生活形成了明显反差。他在学校写过一些题目类似于《礼仪造就人》或《勿信表象》的短文，开篇总是写上耶稣会的格言 *A. M. D. G.*（*Ad Malorem Del Glorlam*），意即"愈显主荣"。

这些文章有一部分仍然留存于世，而记录这些幼稚文字的笔记本已经成为美国的珍稀藏品。它们充满了悦耳动听的俗句习语，其中没有任何迹象能显示他未来的文学伟业。不过，这个少年开始质疑爱尔兰社会的基础价值观念，因为它们代表的陈腐论调，经常被人用来坦然掩盖贫穷和国内纷争。此时此刻，一场内在的革命正在他心底酝酿。他继续取得优异成绩，还赢得了一系列全国考试的奖项，最终被现在的都柏林大学学院录取，开始攻读文学学位。

都市夜色

乔伊斯在性和智力两方面都很早熟,他不到十五岁就开始找妓女尝试体验。他居住的地方邻近当年繁华的红灯区,当地人称为"蒙托"(得名于都柏林的通衢要道之一蒙哥马利街),或者是"夜城",即乔伊斯在小说《尤利西斯》里采用的名称。

乔伊斯在《一个青年艺术家的肖像》里事无巨细地记录了这些邂逅经历。

易卜生的辩护者

乔伊斯在都柏林大学学院的辩论社宣读过一篇文章《戏剧与人生》,充分显示他虽然游离于社会,却是一个具有雄辩天赋的杰出人物。他在演讲中高度颂扬了伟大的挪威现实主义剧作家亨里克·易卜生(1828—1906)的优秀品质。易卜生当时被认为是一名危险的颠覆者,而乔伊斯的公共朗读活动最初也遭到了权威部门的禁止。

从乔伊斯早年的一部小说文稿**《斯蒂芬英雄》**(约 1905 年)里,可以体会到当晚争辩现场的气氛。

爱尔兰人的道德福祉正在遭受易卜生那套理论的威胁。我们绝不要这种外国垃圾……

乔伊斯的父亲声称，易卜生的这个反对者就是后来担任爱尔兰自由邦大法官的休·肯尼迪。

他是吉姆（詹姆斯）的校友……我只知道这个人长得丑，除此以外，对他并不怎么了解。神圣的天主在上，你要是把他的画像挂出来，简直能吓坏所有人——他能把马儿吓得打趔趄。呀，没错！我还在学校里见他出过洋相。那天吉姆围绕某个论题宣读了一篇文章——你知道吉姆说话相当流畅。当时发生了一番争论，肯尼迪反对吉姆刚说的什么东西。吉姆沉着冷静、思考缜密，他一只手搭在桌上，用另一只手记录肯尼迪的话。最后吉姆站起身来，我的天哪，他一口气讲了半个小时，最后说得肯尼迪无力辩驳。我经常劝吉姆去当律师，因为他说话相当流畅，而且说得比写得还好。不过他做得相当不错了。

书评人乔伊斯

乔伊斯获得本科学位后,在 1902 年 11 月动身前往巴黎,宣称以后要学医。他着手尝试给报纸写书评,结果因为他的衡量标准过于刻板,所以无法获得良好的商业效果。

以下是一则典型的乔伊斯故事。《学园》编辑 C. 刘易斯·欣德曾经交给他一本书,让他试写书评。乔伊斯的一番猛烈抨击,让欣德埋怨不已。

波希米亚青年

乔伊斯在巴黎经常挨饿、受冻和欠债。他寄回都柏林的家书让人倍感心酸。这些信件成功促使他贫困的家人把所有能够搜罗到的钱财都寄给他。即使在流亡状态下,他仍然需要感觉自己是家庭内部关注的中心。以下是他母亲在1902年圣诞节写给他的信。

我亲爱的吉姆,假如你对我的来信内容感到失望,假如像平常那样,我无法理解你希望我解释清楚的东西,相信我,这绝不是因为我不渴盼能够做到这一点,然后再说出你想听的话。就像你经常说的那样,我笨到无法领悟你那些崇高思想,但我原本是想做到的。不要以泪洗面销蚀你的灵魂,要像往常一样勇敢,要充满希望地看向未来。给我回封信吧,天主保佑,要照顾好自己的身体,健健康康,假如你买了那种小炉子,用的时候要格外小心。

这种思想上的顺从与母爱牵挂,是他在与女性打交道的过程中反复出现的模式。他回家过了圣诞节,可是等到返回巴黎,又开始不停念叨自己如何忍饥挨饿。与他这种吃苦耐受能力相匹配的,是另一套轻松恢复活力的本领。

亲爱的妈妈……非常高兴您汇款寄来三先令四便士,因为当时我已经四十二小时没吃东西了。希望这样饱一餐饿一顿的不会严重影响我的消化……我可以买一个小煤油炉,等我手头紧张的时候就自己煮通心粉吃……这些天早晨我都用睡觉的办法扛饿来着……您是在变卖东西给我提供饭钱吗?

……另,请听一段轻松活泼、长笛吹奏的曲调,UPA-UPA!

此时玛丽·乔伊斯的病情已经相当严重。1903年4月10日星期五（耶稣受难日），乔伊斯被父亲的一封电报召回都柏林。那句著名的电文在《尤利西斯》里再次出现："母病危，速归，父。"

她得了癌症，但一直挨到了8月13日才去世。乔伊斯有时候会弹奏钢琴安慰她，还给她唱诵叶芝作品改编的歌曲《谁与弗格斯同行》，就像《尤利西斯》里的斯蒂芬·代达洛斯那样。整部小说中，母亲的魂灵始终在斯蒂芬心头萦绕不散，宛如乔伊斯本人的现实生活经历。

玛丽·乔伊斯的健康状况急剧恶化,而她丈夫喝酒喝得越来越凶。有一天晚上他醉醺醺地回到家,对妻子的状况感到苦恼万分,结果居然冲进房间向她咆哮起来。

乔伊斯的弟弟作势要揍他。

乔伊斯设法将两人拉扯开,然后把父亲锁进了隔壁卧室。几分钟过后整个场景沦为一幕闹剧:有人看见约翰·斯坦尼斯劳斯顺着外墙排水管溜下去,再次径直奔向小酒馆。

詹姆斯·乔伊斯这时已经彻底抛弃他与生俱来的宗教信仰,而且顽固拒绝了母亲让他去做告解、在复活节履行信徒义务参加弥撒的请求。在她临终之际,有一个喜欢指手画脚的舅舅发觉,詹姆斯和弟弟斯坦尼斯劳斯都没下跪。

乔伊斯后来在《尤利西斯》里对这件事进行了一番添枝加叶的描写。

整个家庭都因为丧亲之痛而心慌意乱,尤其是最小的孩子梅布尔,当时她还不到六岁。斯坦尼斯劳斯还记得她偷偷地躲到楼上掩藏内心悲痛的情形。这时的詹姆斯罕见地显露出自己真实的人性层面。"我记得他坐在二层楼梯口最高处的台阶上,一只胳膊搂着她,完全不动声色地跟她说着话。"

然而，詹姆斯没有因为对妹妹这样温柔呵护而混淆自己的文学判断标准。葬礼结束后几天，他碰巧看到了父母的一盒情书。他把这些信件拿到外面花园里，读完以后言简意赅地评论道……

毫无意义……

他把这些信件交给弟弟，斯坦尼斯劳斯没有窥探其中的内容，就认真仔细地将它们付之一炬了。

所有这些都是乔伊斯文学磨坊的谷料,当他在**《尤利西斯》**开篇章节里准备召唤母亲的魂灵时,还记得自己满怀悲怆地翻检她那些少得可怜的遗物时的情景。

她的秘密:几柄旧羽毛扇,撒过麝香粉、带流苏系绳的舞会记录卡,一串花哨俗气的琥珀念珠,都放在她上锁的抽屉里。少女时代曾经悬挂在她室内向阳窗口的一只鸟笼。她听过圣诞歌舞喜剧《恐怖大王特寇》里面老罗伊斯的唱段,跟别人一起欢笑着听他演唱:

我就是那小伙儿

有本事能够

隐身不见

幽灵般飘忽的快乐,收拢弃置:麝香熏过

命运多舛的一年，命里注定的一天

乔伊斯生命里一个重要的女人离他而去，另一个却闯入他的生活。1904年6月10日，詹姆斯·乔伊斯走在纳索街头的时候，一名年轻女子吸引了他的注意力。

她叫诺拉·巴纳克尔，一个来自戈尔韦市的年轻姑娘，在附近的芬恩旅馆当客房清洁工。

神态活泼，举止优雅，还有赤褐色的长卷发——啊！

我把他错当成瑞典水手了——晶光闪亮的蓝眼睛，戴了顶游艇帽，还穿着橡胶底帆布鞋。可是等他一开口说话，得了，我马上就知道自己只不过又遇见一个在都柏林街头找乡下姑娘搭讪的机灵小伙儿罢了。

诺拉兴致索然，也没有按照约定在这一周晚些时候与他会面。

1904年6月16日

乔伊斯穷追不舍,最终说服她在6月16日与自己会面。她和詹姆斯沿着都柏林近郊桑迪芒特("沙山")周围的一个海滩漫步。两个人似乎发生了某种形式简单的亲昵行为。它给乔伊斯的这一天赋予了圣光。

私奔

  他们年纪轻轻,没有钱,没有征求也没有获得任何一方父母的同意。没有正式婚约,实际上也没有合法婚姻关系,但几个月过后,两个人一起私奔到了欧洲大陆。

  除了旅途中最基本的必需品,他俩买不起任何东西送给对方。但几年过后,乔伊斯会把最大的那份礼物送给诺拉——1904年6月16日当天的记忆——《尤利西斯》整个故事开始发生的那一天,它将在这部小说里永生不朽。

詹姆斯与诺拉这对恋人明显不般配：一个是才华横溢的知识分子，一个是没有文化的旅店清洁工。乔伊斯的父亲忍不住要对诺拉的姓氏评头论足。

巴纳克尔，巴纳克尔，哎呀，我的天哪，她以后会黏住他不放的。*

她确实牢牢黏住了他。两个人最终成为理想的终身伴侣。诺拉具有天生的优雅与机智，这与乔伊斯的心智禀赋彼此均衡。他是空气与火，她是土地和水。

---

*"巴纳克尔"（Barnacle），亦指吸附寄生在礁石或船体的贝类动物藤壶。——译注

1904年对乔伊斯而言确实是至关重要的一年。1月17日，他坐到桌前，在一天之内完成了自传体短文《艺术家的肖像》。它虽然粗糙却充满创意，乔伊斯后来在这个萌芽的基础上扩展出一部未出版著作《斯蒂芬英雄》，并最终转化为《一个青年艺术家的肖像》。至于这篇短文，他投给了《达那》（Dana）杂志。

乔伊斯（居然！）还把三篇短篇小说投给了诗人、通神论者和画家乔治·拉塞尔担任编辑的一家农业报刊《爱尔兰农庄》。这几个短篇是他第一部散文体著作《都柏林人》的内核，而作者署名竟然是斯蒂芬·代达洛斯！

马特洛炮塔

乔伊斯曾经跟一名年轻的医学生奥利弗·圣约翰·戈加蒂交情甚好，戈加蒂后来成了《尤利西斯》里的人物"雄鹿"莫里根的原型。戈加蒂是诗人，也是知名的运动员。乔伊斯被他桀骜不驯的态度所吸引，但是对他也心存疑虑。

> 他过度张扬的波希米亚做派，在我看来是掩盖了他与都柏林文学和政治权势集团的合谋者身份。

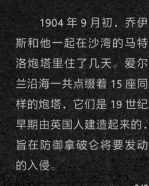

1904年9月初，乔伊斯和他一起在沙湾的马特洛炮塔里住了几天。爱尔兰沿海一共点缀着15座同样的炮塔，它们是19世纪早期由英国人建造起来的，旨在防御拿破仑将要发动的入侵。

戈加蒂租下这座旧炮塔,是想把它变成一个波希米亚精神的核心。

马特洛炮塔

两个人的关系从一开始就挺别扭。

这个小群体内部的第三名成员，是情绪高度紧张的英裔爱尔兰人塞缪尔·切尼维克斯·特伦奇。他用夸张炫耀的方式说爱尔兰语，还给自己起了一个造作的盖尔语教名"德莫特"。他经常做噩梦。9月14日夜里，他梦见自己被一头黑豹追撵。半梦半醒之际，他摸出藏在身边那支子弹上膛的左轮手枪，朝着壁炉开了一枪，险些打中乔伊斯。

当他再次醒来，厉声尖叫说有黑豹的时候，戈加蒂从他手里夺过枪高声吼道："我来收拾他！"

乔伊斯认为这一声吆喝是在提醒他走人，于是穿好衣服离开，尽管此时已经是深更半夜。这个事件为《尤利西斯》提供了开篇章节的场景与氛围。

乔伊斯和诺拉在 1904 年 10 月初离开爱尔兰并抵达苏黎世。他想在贝利兹语言学校找到教职的期待最终落空。这对年轻人转而选择奥地利，最终在那里安顿下来。他们先住在普拉，数月过后迁居到的里雅斯特——当时奥匈帝国的一个重要海军港口。

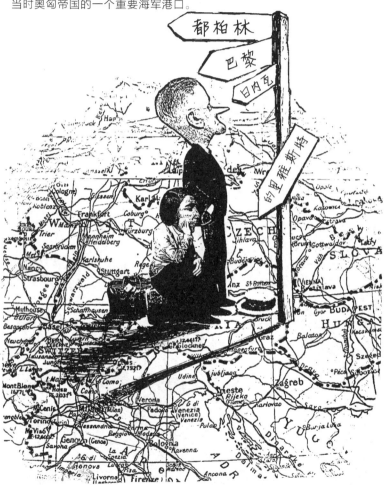

1905 年底，乔伊斯完成了《室内乐》（单册诗集），这时《都柏林人》已初具雏形，此外他还创作了 500 页的《斯蒂芬英雄》（《一个青年艺术家的肖像》的原型初稿）。

1905年10月15日，乔伊斯联系伦敦出版商格兰特·理查兹，向他提供了《都柏林人》的手稿。"人们可能愿意花钱，来感受我希望飘浮在这些故事里的奇特腐朽气息。"

理查兹开始还非常积极，然而印刷商却极度抵触，不愿意排版印制他认为不体面的故事，例如"两个浪子"，而且还特别讨厌小说里面出现"倒霉催的"（bloody）这个词。

啊，印刷商这个独眼怪！为什么他要举起蓝色铅笔，让圣灵贯注内心，然后俯冲扑向这些小说段落，却允许自己的同伴为那些离婚案，还有一桩又一桩暴力侵害罪案的劣质小报新闻排版呢？

在近十年时间里，乔伊斯一直孤军奋战，不屈不挠地反抗那些假道学的印刷商和拘谨古板的出版商。

年仅 24 岁的他，除了大学时代的一些零碎作品之外别无长物，却肆无忌惮地告诉格兰特·理查兹："我的故事弥漫着灰坑和陈腐垃圾的味道，这可不是我的过错。我真心相信，你如果不让爱尔兰人民通过我精心打磨的镜子好好照一照自己，就是在阻碍爱尔兰的文明进程。"

虚张声势也好，心理防御机制也罢——同样的情况发生在乔伊斯跟已经功成名就的诗人 W.B. 叶芝初次见面的场合。他在道别时问叶芝："我二十了，您多大岁数？"

叶芝感觉受到了冒犯，后来告诉朋友说："这种矜高狂傲的自负与小人国式的文学才能，居然集于一人之身，这种情况我以前从没遇见过。"

乔伊斯夫妇此时已有了两个孩子：1905年7月出生的乔治，还有1907年同月出生的露西亚。1909年9月，乔伊斯回都柏林办事，设法找到出版商蒙塞尔公司，为《都柏林人》争取到了一份出版合同。

乔伊斯与的里雅斯特的几位商人一起开会协商，这些人先前已经在当地和布加勒斯特成功设立了几家电影院。乔伊斯在见面时推出了自己的计划方案。

据我所知，欧洲某个城市的居住人口有五十万，却没有一家电影院。

啊！说的是哪儿？

我会告诉你的，不过你们要先同意我的计划，让我当合伙人才行。

1909年10月21日,乔伊斯回到爱尔兰。他在都柏林市中心的玛丽街找到一栋房屋,并着手改造,同时招募员工。他雇来干活的人里面有一名放映员莱尼·科林奇。年迈的科林奇曾经告诉本书作者:"啊,可怜的乔伊斯先生。没错,他是一位绅士。可他对付不了那帮电工。他们比他精明多了。"

电影院名为**"伏特影院"**,当年12月20日开张,正好赶上圣诞抢购季。

涉足电影业的乔伊斯

尽管乔伊斯与伏特影院的职业联系没能维持多久,但他对电影世界始终兴趣不减。他后来采用的部分写作技巧,比如《一个青年艺术家的肖像》对闪回手法的运用,《芬尼根守灵夜》里某个场景画面逐渐消隐而融入另一个场景,很可能都源自他对早期电影的理解。

再晚些时候,他还会跟俄国导演谢尔盖·爱森斯坦讨论拍摄《尤利西斯》的可能,甚至还帮几位朋友准备过《芬尼根守灵夜》里"安娜·利维娅·普鲁拉贝尔"那部分情节的摄制脚本大纲。

虽然伏特影院开业后获得了显著成功，但乔伊斯现在要同时面对都柏林与的里雅斯特两边的房东，他们怒气冲冲，各自扬言要把拖欠房租的乔伊斯的家人扫地出门。1910年，乔伊斯返回的里雅斯特，他发现自己再次陷入了出版商、房东和日益纷乱的家庭之间的纠缠。

因为越来越思念家乡，1912年7月，诺拉·乔伊斯带露西亚一起去看望她在戈尔韦的妈妈。不到一周，乔伊斯也跟着回到爱尔兰。没过多久，他与蒙塞尔公司代表乔治·罗伯茨再次围绕《都柏林人》的出版问题展开了迂回漫长的谈判过程。尽管乔伊斯费尽心机，罗伯茨却变得越来越难对付。

乔伊斯拿着手头的那份校样，从伦敦跑到的里雅斯特，一路寻找各式各样的出版商看稿，包括专营言情小说的米尔斯与布恩出版社（！）。

乔伊斯心情沮丧，在乘坐火车的途中撰写了一篇讽刺文章，肆意挖苦出版商和他们代表的一切。

你瞧瞧，不管哪一种的卑污或下流，在真实生活当中都能被容忍，只要别把它印刷出版。你可以说一部诗集读得你"从心底里酸到屁眼"，或者在遭受胁迫时怒吼一声"屎坨子玩意儿！"。可是却没有权利在书刊上使用"倒霉催的"这个词，或者说"威灵顿纪念碑"或"西德尼街"或"桑迪芒特有轨电车"，因为这些名字太普通了，所以艺术家不该留意。

两年后，乔伊斯终于设法让格兰特·理查兹出版了《都柏林人》（仅有极少的几处修改、调整）。那是1914年6月。

《都柏林人》与"精心刻画的卑俗"

> 我觉得目前还没有哪一位作家向世界展示过都柏林。
>
> ——乔伊斯

多数短篇小说集是不同来源材料的个人合集,或是不同作家作品的汇编选集。《都柏林人》的不同寻常之处在于,它从一开始就作为整本书来构想,让不同故事通过主旨、风格、技巧和题材而联结起来。乔伊斯在1906年5月5日写给格兰特·理查兹的一封信里说:"我的意图是给我国的道德历史撰写一个篇章。我选择都柏林作为故事场景,因为这座城市似乎是精神麻痹的中心。我试图向无动于衷的公众展示它的四个层面:童年时代、青少年时期、成熟阶段和公共生活。故事的安排依照这个次序。我在多数时候采取了一种精心刻画卑俗的写作风格……"

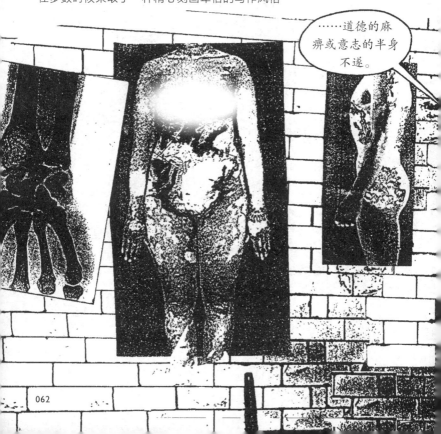

……道德的麻痹或意志的半身不遂。

斯坦尼斯劳斯在日记里提到乔伊斯早年创作这批短篇小说的情况:"他（詹姆斯）大谈特谈欧洲梅毒感染的现状，目前正在撰写一系列都柏林有关情况的研究文章，几乎想刨根问底，了解所有的事情。"

许多年过后，乔治·戈耶尔特建议用《他们在都柏林的生活面貌》（*How They Are in Dublin*）为标题把《都柏林人》译为法语，乔伊斯对他进行了严厉批驳。

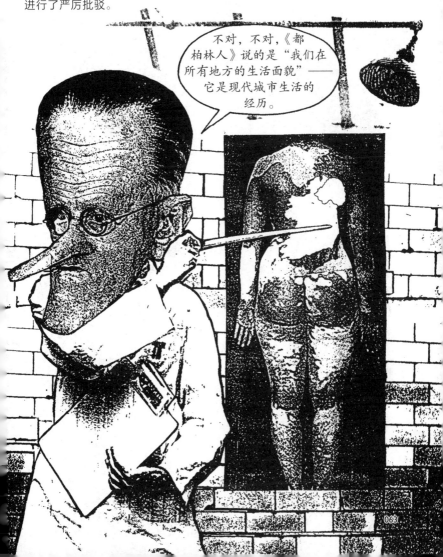

有限的调色板——却绘制出包罗万象的画面

"精心刻画的卑俗"是一个醒目而极其精准的表述。乔伊斯这么说的用意何在？

乔伊斯对语言的掌控能力超乎常人，但他在《都柏林人》里刻意限制了自己使用的词语。这样做的部分原因，是要把一种吝啬拮据感赋予他笔下人物的生活。《寄宿公寓》故事的女房东或"太太"穆尼夫人就是很好的例证。

乔伊斯密集使用的表述方式，是"徒劳""没用""无聊""毫无指望"这一类词语，它们在不同的故事里反复出现。这样的效果，是让读者从潜意识里敏感体察到每一则故事在道德层面的肌理质感。

另一个关键词是"茫然"。即使有些地方并没有直接出现这个词，但那种茫然感依旧存在，从而代表了精神偏瘫或麻痹的迹象。任何时候，只要这些人物不得不面临风险，去选择一种积极的生活，他们就像受惊的兔子一样茫然失措，动弹不得。

乔伊斯近乎单一色调的行文表面，仿佛是都柏林沉闷的气候，最终形成了棕褐色调的时代老照片效果。但这些故事不仅是充满怀旧感的爱德华时代都柏林快照。

故事对人物行动的记述极少，不同角色都被看作是某一套滋生精神偏瘫的体系之下的受害者。在每个故事结尾，读者应该用阅读过程中发生微妙变化的眼光，察看它记述了哪些微不足道的事件。

所有这一切或许已显示，《都柏林人》是一部相对灰暗冷峻的著作。毫无疑问，乔伊斯刻意颠覆读者对故事要有"开头、中间与结尾"的常规期待。他的故事并不依赖于任何炫技的情节"扭转"，而是要在读者记忆里形成萦绕不散的微妙转折。

我们不妨对照阅读一下《都柏林人》里的一则短篇《姊妹》。

《姊妹》

故事发生在 1895 年。一个不知名的孩子（大概十三岁，可能是乔伊斯自己当时的年龄），他从遭受偏瘫麻痹折磨而濒临死亡的神父詹姆斯·弗林家门前经过。这位神职人员曾经给予他教诲，而男孩子每天晚上都要察看瘫痪者的窗口有没有烛光显示他已经死亡。他不停地跟自己重复"偏瘫麻痹"这个词。

"偏瘫麻痹"让他满心恐惧，但他又希望"看看它的致命作用"。

过了些时候，他在舅舅和舅妈家吃晚饭，听到家里认识的一位朋友老柯特在谈论弗林神父。老柯特就像故事里的大多数成年人一样，聊天时总是说半截儿留半截儿。

男孩子曾经对老柯特在"酒头酒尾"和"蛇管"等蒸馏工艺术语方面的知识很感兴趣，但后来他的兴趣对象换成了弗林神父讲述的"教会神秘莫测之处"，觉得它更迷人。

男孩的舅舅说弗林神父刚刚咽了气。

男孩子惦记着老柯特没说完的话，感到愤怒而迷惑不解，一时间难以入眠。他在想象中看到瘫痪者的灰白面孔，于是竭力去想圣诞节的事情，以便驱走这个形象。但神父的脸在黑暗中穷追不舍，他带着微笑，用"唾沫沾湿"的嘴唇喃喃地忏悔告解，而男孩勉强报以一丝笑容，作为赦罪的表示。

我赦免你买卖圣职的罪过。

第二天，1895年7月1日，他走到去世神父的家门口——这是一家绸布店，店铺已经关张，门环上挂着一个黑绸花。他想起以往来看弗林神父的光景——他从舅妈那里带过几盒"精烤"牌鼻烟作为礼物。

我帮他把鼻烟盒装满，他的手抖得厉害。

此时，男孩回想起弗林神父以前教过他的东西——拉丁文的正确读音、罗马地下墓窟和拿破仑·波拿巴的故事，还有各种仪式的含义和不同弥撒场合穿的祭衣。

他向我展示了教会的各项制度是多么复杂而神秘。

当天晚上，男孩跟舅妈一起去看望死去的神父。弗林神父的姊妹南妮领他们走进楼上停放遗体的房间。

他会不会发现死去的神父面带微笑,就像梦中见到的那样?

可是,并没有……他并没有微笑。他躺在那里,庄严而肥硕,身穿登坛做仪式用的祭袍,两只大手松松地揽住一只圣餐杯……房间里有一股浓郁气味——花朵的气味。

他们去楼下见到神父的另一个姊妹伊丽莎,还一起喝了雪莉酒。男孩的舅妈以谨慎巧妙的方式向伊丽莎打探死者的情况。

至于最初是什么原因导致弗林神父出现心智失衡的古怪情况,从伊丽莎这里只能得到部分的解答。

起因是他打碎了那只圣餐杯……事情就这样开始了。当然,他们说这也没事的,圣餐杯里面并没有什么东西——我的意思是……但他仍然……

这件事对弗林神父内心影响极大,结果有一天晚上他忽然消失不见,谁也找不见他。直到后来别人才发现,他把自己锁进了小礼拜堂,坐在告解室里,自顾自地发笑。

所以从那以后,当然,他们看到这种情况,难免会觉得他哪里出了问题。

故事至此结束,却余音缭绕。

把线索拼缀起来……

这个故事到底说了些什么？只能从细微的线索进行解读，就像故事里的男孩必须要做的那样。谜底包含在作者首选的几个词里：**偏瘫麻痹**、**磬折形**和**买卖圣职**。Gnomon 这个词既可以是磬折形，也指代日晷的指针，但它更简单的意思是"知道的人"或"诠释者"。买卖圣职（Simony）是指企图购买圣灵的能力的罪恶行径。假如男孩属于"诠释者"，那么神父"买卖圣职"的罪行又是什么？

不过，首先要回答的问题是——故事为什么题名为《姊妹》？毕竟除了伊丽莎评论过兄弟的半身不遂和死亡情况以外，两个姐妹根本没有做出任何重要的行为。伊丽莎的话说得很明显：他们来自贫困的底层阶级。在这些家庭中，只要有一名男孩做了神职人员，无论他是否具备真正的宗教使命感，都能占据有利社会条件。两个姐妹的存在意义，只是跟兄弟的职位有关，她们由此而获得了自己的社会地位。

但是詹姆斯·弗林只能从规则手册、教条、祭衣和礼仪的角度理解宗教。既然要勉为其事，他必须从字面意义上恪守基本教旨和价值观念。因此，当他失手掉落那只容纳了基督真实临在的圣餐杯，他的反应必然是恐惧。按照这种人的内心想法，一旦打翻圣餐杯，上帝的雷霆震怒之声也必然随之降临。但什么都没有发生。世界依旧运转，不以为意。神明的这种沉默，最终导致詹姆斯·弗林的心智坍塌。

所有这一切都不算耻辱，也未必预示半身不遂的结局。真正的**买卖圣职**迹象，是神父没有真正理解自身经历的事情，却退缩到乖僻、执拗的状态，重新回到自己不再相信的教规手册，从那些厚得像电话簿、让天真年幼的男孩子困惑不已的书卷里寻求答案。他执着于灵性的**物质**对等形式，从而犯下了买卖圣职的罪过。

乔伊斯的写作手法确实现代。他展现的故事从字面来看并不完整。它要求读者积极参与，从而完成这个故事。

灵显的技法

乔伊斯给这种逐步显现故事意义内核的方式命名为"灵显"（epiphany）。他在这里使用了宗教术语，其原义是指基督显灵，即圣婴主耶稣展现在东方三圣面前的情景。

有一个灵显的例子出现在《斯蒂芬英雄》里,那是一个雾蒙蒙的夜晚,斯蒂芬·代达洛斯正漫步在埃克尔斯街头,碰巧听到了别人的一场对话。

那些褐色砖墙房屋仿佛爱尔兰偏瘫的化身,有位年轻女士站在其中一座建筑前面的台阶上。一位年轻绅士倚靠着那边的生锈栏杆……

年轻女士——(谨慎地拖长了音调)……噢,对的……那时候我是……在那个……小……教堂……

年轻绅士——(声音听不真切)……我……(又听不真切了)……我……

年轻女士——(温和地说)……噢……你可真是……坏……得……很……呢……

这种琐碎言语让他想写一本关于灵显的书籍,把许多类似的场景都汇集起来。他所谓的灵显是指突然的灵性彰显,无论是以粗鄙的语言还是姿势动作,或是表现内心里某个难忘的时段。

对于乔伊斯来说,诗人就像是一名司铎,能够把普普通通的面包和葡萄酒转化为基督的圣体与圣血。

某个青年艺术家的肖像

乔伊斯的小说巨著**《一个青年艺术家的肖像》**在 1916 年 12 月 29 日出版。这部作品共包括五个章节,它讲述了故事的核心人物斯蒂芬·代达洛斯的成长轨迹。

斯蒂芬的种种经历,很大程度属于普通人那种毫无英雄壮举的寻常过程。他与同伴们的区别在于,他以单纯真挚和炽烈的坦诚来面对这些经历,无论幼年时尿床,还是作为少年人探索自己的性别属性,或是作为青年人写一些放纵不羁的诗歌。最重要的是,乔伊斯展示了个人良知怎样塑造成形,怎样创造出其自身的价值体系,而不必依赖社会流行的虚伪和一知半解的道理。

小说标题明显对应了从伦勃朗到凡·高的艺术家自画像传统,但它同时也是一个**青年人**的肖像——乔伊斯亲手描绘了自己年轻时在都柏林的经历。但不管怎样,它就是小说艺术而并非单纯的自传。

尽管小说主角斯蒂芬应该是典型的爱尔兰人，但"代达洛斯"肯定不是爱尔兰姓氏。他的姓氏和名字里充满了浓厚的基督教与古希腊的象征意味。

圣斯蒂芬是基督教的第一位殉教者，当年遭石刑处死。

代达洛斯，希腊神话里迷宫的发明者，曾被囚禁在自己设计的一座迷宫，后来又靠亲手制造的一对人工翅膀逃了出去。

代达洛斯的双重意味

斯蒂芬是双重意义上的"代达洛斯"。首先,他像神话里的发明家代达洛斯一样,竭力想凭借艺术的羽翼逃离都柏林生活的狭窄迷宫。其次,他又是某一位代达洛斯之子——他的父亲西蒙·代达洛斯,凭借着巧舌如簧的技艺,在家庭生活中用语言制造出一套囚牢似的迷宫曲径。

古希腊的代达洛斯也有一个儿子,名为伊卡洛斯。伊卡洛斯身披蜂蜡和羽毛制成的人造翅膀,飞翔在天空,却忘记父亲曾经警告他不要过于靠近太阳。结果他的羽翼融化散落,而他自己也坠入海中溺毙。

作为艺术家的代达洛斯,逃离爱尔兰,越界的伊卡洛斯——这些主题关联,彰显在乔伊斯的开篇题词里。他引用了古罗马诗人奥维德《变形记》第八章的格言:"他驱遣自己的心灵,去寻求隐秘的知识。"(*Et ignotas animum dimittit in artes.*)

斯蒂芬对隐秘知识与禁忌的寻求,是这部小说贯穿的主题。这个主题与神话人物普罗米修斯形成了各种呼应,并由此获得强化。普罗米修斯是从诸神那里盗走火种的泰坦巨人。后来他遭受惩罚,被锁链束缚在岩石上面,每天任由秃鹫啄食自己的肝脏——斯蒂芬幼年时期的场景暗示了这一点。

伊卡洛斯对应的另一个角色是魔鬼路西弗("秉持光明者")。他轻蔑的呐喊——**"我绝不侍奉"**(*non serviam*)——在斯蒂芬这里获得了回应。

乔伊斯的行文铺叙，经常有意识模仿伊卡洛斯纵身飞向太阳，最终却砰然落地的翱翔过程。这种"上升和坠落"的例子很多，其中一则出现在第二章的结尾。它描述了斯蒂芬从一名妓女那里初次获得性经验的过程，并带着某种迷狂放纵的格调臻于高潮。

……温柔轻启的双唇……比罪恶的晕眩更幽暗，比声音或气味更温柔。

斯蒂芬的"高飞"过程没有持续多久。我们在下一章看到,当他在12月的某个沉闷日子里望着教室窗外暗自思忖,觉得自己的肚子正在"渴望它想要的食物"时,便径直坠入了交媾过后姗姗来迟的忧郁低谷。

> 他希望今天晚饭能吃到炖菜,有芜菁有胡萝卜有带瘀伤黑斑的土豆,还有肥美的羊肉块,再用长柄勺舀些带胡椒和芡粉的稠浓调味汁浇上。给你塞得满满的。他的肚皮向他建议道。

现在让我们依次看一看这五章内容的某些主要特征。

第一章：从母胎状态开始

小说开篇是婴儿时期的斯蒂芬在育儿室里用"母胎语言"喃喃絮叨。

……这头从路上走过来的哞哞牛还遇见了一个漂亮小娃儿名叫嗒裹宝宝……

五种感官形式，都在开篇这两页的引领文字里获得了呈现。

听觉 × "他父亲告诉他那个故事。"

视觉 × "他父亲透过一块玻璃看他。"

味觉 × "她卖的是柠檬噗辣忒（一种黏稠的甜食）。"

触觉 × "你尿床以后，先是热乎乎的。然后变得凉飕飕。"

嗅觉 × "你妈妈铺上油布垫子。那东西有股怪味儿。"

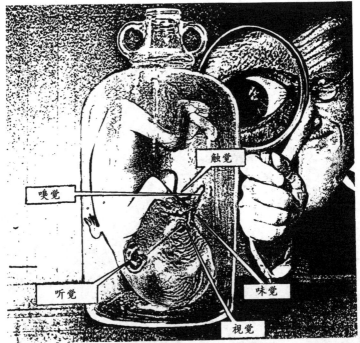

这部书里所有的关键主题，都可以在小说开篇头几页找到象征事物，包括政治主题——它的代表物是丹媞（姑妈）的两把刷子。"褐红色绒背"的刷子代表迈克尔·达维特，而"绿绒背"刷子代表帕内尔。

假如说育儿室里的"哞哞牛"是一种诗意的飞升翱翔，那么从小说第二章的前半部分来看，当斯蒂芬遇见真的母牛，看见它们令人不适的真实境况时，就是一幅扑通坠地的场景。

……刚看见斯特拉布罗克的肮脏牛圈，它污秽发绿的水坑和稀粪团儿，还有冒着热气的麸皮饲槽，斯蒂芬就感到一阵恶心。曾经在乡间晴朗日子里显得如此美丽的牛群，现在让他反胃……

第二章：学生时代

婴儿时期在两页之内结束。跨过几年的记录空缺，我们来到了克朗戈斯伍德学院的运动场。乔伊斯无意严格遵循线性时间进行逐日记录，而是更加关注心理发展的进程。某种语言层面的变化，传递出斯蒂芬的新颖体验，此时的乔伊斯娴熟地捕捉到了小学操场上的用语习惯。"罗迪·基克汉姆是正派伙计，而讨厌鬼罗奇是个臭东西。"

斯蒂芬站在冷飕飕的橄榄球场上,但他宁愿躲在暖和舒坦的屋子里。他心里琢磨着拼读课本里的几句话。

要是能挨着炉火躺在壁炉前的地毯上就好了,脑袋枕着两手,再琢磨那些句子。他打了个哆嗦,好像皮肤碰到了冰冷黏滑的一摊水。韦尔斯真够坏的,拿肩膀撞他,害他掉进了小便池,就因为他不肯拿自己的小鼻烟盒跟韦尔斯身经百战的吊球对撞核桃交换,那个撞碎过对手四十只核桃的常胜将军。便池里的尿水真冷、真黏滑!有个同学亲眼看见过一只老鼠跳进了那堆尿沫。妈妈这时候正跟丹媞坐在炉火边,等着布里吉特端来茶餐。她脚搭在炉围上,华丽的拖鞋烤得热乎乎的,有一种特别美妙温暖的气味!

注意,这些词语是怎样妥帖区分为两组不同的类型——"好、壁炉前的地毯、炉火、妈妈、茶餐"等,与"哆嗦、冰冷黏滑的一摊水、坏、老鼠、尿沫"等形成对比。斯蒂芬对词语和声音的斟酌,是依据它们反映的现实:"通过对事物进行思考,你就能够理解它们。"

帕内尔的阴影……

在一幕圣诞晚餐的场景里,乔伊斯捕捉到了帕内尔造成的政治分裂所释放的可怕能量:围绕着通奸者帕内尔在道德层面上是否适合担任领导人的问题,当时的爱尔兰政党分化为两派。晚宴上有位客人,凯西先生讲了个故事,说自己怎样将满嘴的嚼烟草汁唾向一个老泼妇,而后者是某一场反帕内尔的暴民集会上众多的激烈抨击者之一。

丹媞怒不可遏地回敬了一句口号……

第三章：悔罪

第三章几乎完全聚集于斯蒂芬青少年时期在贝尔韦迪尔学校为期三天的宗教避静活动。尽管这种"自省"的忏悔形式源于天主教的深层传统，但只要是孩童时期对新教、伊斯兰教、犹太教或政治领域的激进主义产生过恐惧体验，并熟悉类似感受的人，听到这个词都会不寒而栗。

主持这次避静活动的人是阿诺尔神父，他宣讲了一系列令人心惊胆战的"地狱烈火"之类的布道文。

这世间的空气，原本是纯粹的元素。如果它经过长时间的封闭，就会变得污浊而无法呼吸，那么，再想想地狱的空气该有多污浊。想象一具污秽发臭的尸体，躺在坟墓里腐败分解，这一团果冻状的液态腐化物。想象这具尸体被熊熊烈焰捕获，被燃烧的硫黄火苗吞噬，这恶心反胃的分解物散发出呛人的浓烟。然后再想象一下，把这种恶心臭味乘以百万倍，再乘以百万倍，从成百万又成百万聚积到一起的恶臭尸堆散发出来，在臭气熏天的黑暗中，一个巨大腐烂的人类菌丛。想象这一切，你才会对地狱恶臭的恐怖有所认识。

恐惧和罪恶感,在斯蒂芬的胃里翻搅起来,他跌跌撞撞地走到教堂街的小礼拜堂进行告解。

告解过后,斯蒂芬的祈祷"从他净化的心底升上天堂,仿佛从白色玫瑰花心里氤氲升腾的芳香"。

生活似乎再一次变得朴素圣洁。即便是家里的简陋厨房也像是蒙受了圣恩的照拂。

白色的布丁和鸡蛋、香肠,还有一杯杯的茶。生活竟然如此朴素而美丽!全部生活摆在我面前……

第四章：拒绝成为神职人员

在第四章的开篇，宗教狂喜已经降临，并汇入一连串冗长复杂、毫无意义的日常祷告之中。

主日敬奉圣三位一体的神秘，周一敬奉圣灵，周二敬奉守望天使，周三敬奉圣若瑟，周四敬奉圣坛上蒙受至高真福的圣餐，周五敬奉受苦的耶稣，周六敬奉蒙福童贞玛利亚。

没过多久，斯蒂芬接到通知去参加一次私人会面。贝尔韦迪尔的耶稣会教务长让斯蒂芬考虑将来选择从事圣职的可能性。对于斯蒂芬这种家庭背景支离破碎的男孩子来说，这条通向权力道路的建议颇具诱惑力。

斯蒂芬知道自己深受买卖圣职罪的诱惑（这与《都柏林人》里的《姊妹》遥相呼应）——"对圣灵犯罪故而无可饶恕"。

斯蒂芬拒绝了教务长的诱人建议。这是小说的一个关键转折点，但它是通过谨慎细微的暗示，而不是以任何戏剧夸张的形式传递给我们。

斯蒂芬跟年迈的教务长握手道别时，四个年轻人唱着歌从旁边经过。他们的欢乐让斯蒂芬脸上露出了笑容。

我发现我的笑容在他的脸上得不到丝毫回应……一副苍白的面具。

斯蒂芬松开手,他的命运也从此告别了郁郁寡欢的圣职世界。乔伊斯没有提供任何明确的说法,但他已经清楚表明,斯蒂芬永远也不会成为一名神职人员了。

斯蒂芬依然衷心希望自己将来能做一名艺术家。这一章的结尾是他在公牛岛海滨与一位美丽而"宛如飞鸟的女子"神秘相遇——这让他清楚意识到自己的命运所系。

这段文字让我们沉浸在凯尔特暮色的宁静欢喜之中——那是海滨泳池水面上映照出一轮明月的意象。

乔伊斯以典型的反讽手法，将这幅月光映照池水的浪漫景象转换为第五章开篇"滴落的金黄色"油脂和炸面包的厨房早餐场景。

第五章：他人造成的语言阴影

在大学期间，语言仍然是斯蒂芬的核心关注对象，它通过一个简单事例体现了出来。

斯蒂芬有一次听课迟到，半路撞见了教务主任，一名改信天主教的英国人，他正要把炉栅里的煤块引燃。主任在形容怎样给灯盏灌油的时候，用了"**漏斗**"（funnel）这个词。

这场关于陌生词语的交谈促使斯蒂芬对英语这种语言进行反思——这个情节提供了相当多的信息,让我们得以了解爱尔兰的作家,尤其是乔伊斯的看法。

> 我们俩谈话的语言首先归属于他,其次才算是我的语言。同样的词语,"家""基督""艾尔啤酒""师傅",从他嘴里和从我嘴里说出来,差异又那么明显!我在说出或者写出来这些词语的时候,没有办法摆脱精神上的不安。他的语言,如此熟悉又如此陌生,对我来说始终是一种习得的言辞。我不曾创造也不曾接受它的词语。我的声音让它们无法逼近。我的灵魂在他的语言阴影里烦躁不安。

斯蒂芬虽然勇敢而诚实,但乔伊斯仍然运用反讽手法来处理这个人物。斯蒂芬美学理论的复杂机制,是对中世纪神学家圣托马斯·阿奎那的全盘借鉴,但最终结果只是催生出一首二流诗歌。

在整部小说当中,斯蒂芬受到的压力是要"道歉、悔过、顺从、遵循、告解"。最后,当我们审视小说提供了哪种解决方案的时候,可以看到,斯蒂芬只是向朋友克兰利做了一种世俗形式的告解。

你让我坦陈我害怕的东西。但我还要告诉你,我不害怕什么。我不害怕独自一人,也不怕因为另一个人而遭到蔑视,或者抛弃我不得不抛弃的一切。我不担心犯下错误,哪怕铸成大错,毕生的错误,甚至有可能是永恒的错误。

《一个青年艺术家的肖像》以日记形式结束,其用意是代表斯蒂芬最终摆脱了个性层面的束缚。(斯蒂芬在日记里记录了自己如何查寻"透子"这个词,并发现它属于"美好古老、朴拙的英语"。)

在小说结尾,当斯蒂芬准备乘着代达洛斯的艺术翅膀逃离都柏林之际,充满青春气息的豪迈号角声终于奏响。

至于批评家的说法……

1916年《一个青年艺术家的肖像》出版之际,批评家们没有察觉到小说成体系的结构,多数人的反应是困惑和茫然。

关于乔伊斯先生这部新作,谁要想弄清楚自己该说点什么,是一件非常困难的事情。(《文学世界》)

乔伊斯是一位聪明的小说家,但我们觉得他真正最拿手的,应该还是写一篇关于下水道的论著。(《人人杂志》)

但是乔伊斯也有实力强大的同盟,例如美国诗人埃兹拉·庞德。

乔伊斯是一位作家,而你们活该都是睁眼瞎。乔伊斯是作家,我告诉你们,如此这般。刘易斯懂绘画,戈蒂耶知道石头跟牛奶布丁的差别。你们,先把鞋底擦干净再进门吧!!!

1914年3月,乔伊斯开始认真琢磨他的下一部小说巨著《尤利西斯》,不过稍后又把它搁置起来,去写一部(不成功的)剧作《流亡者》,后者在1915年完成。同年,他动身前往中立国瑞士躲避第一次世界大战。

眼珠子,道歉……

战争结束后,乔伊斯回到的里雅斯特住了几个月,在那里完成了《尤利西斯》的几个章节,但最终还是在 1920 年到巴黎定居了。直到 1941 年乔伊斯去世前不久,他和诺拉始终以巴黎为家。

从 1917 年开始,乔伊斯的视力开始衰退。在他生命的最后二十年里,他忍受了十一次痛苦的眼科手术。20 世纪 20 年代,在创作**《芬尼根守灵夜》**的阶段,有时候他近乎完全失明,而且需要服用东莨菪碱。

有一种止咳药水叫东莨菪碱,
没见过哪种药能跟它匹敌
它能让一本正经的图坦卡蒙
放声大笑,像鲑鱼一样跃起
让他的木乃伊在绿草地上玩跳房子。

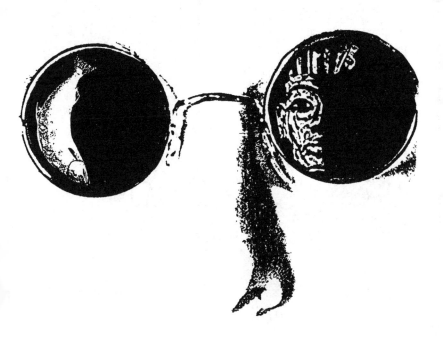

经济救援

尽管对乔伊斯的眼睛来说，1917年是一个糟糕的年份，但它也是幸运之年，因为这一年里有位杰出的英国女子，贵格会信徒哈丽雅特·韦弗*，开始为乔伊斯提供经济资助，并且坚持不懈地慷慨解囊，直到他去世为止。

完全不是因为我能看懂《芬尼根守灵夜》，我连一星半点都看不明白。

你会看懂的，韦弗小姐，你只要大声念出来，再加上爱尔兰口音就行了。

---

*哈丽雅特出生于圣公会家庭，但她曾被误认作贵格会信徒。——译注

20世纪现代主义的一部关键杰作

我们可以参照乔伊斯写给意大利批评家卡洛·利纳蒂的信件,从中概括他在创作《尤利西斯》时的用意。

这是一部讲述两个民族(以色列-爱尔兰)的史诗,同时也是讲述人类身体的循环,以及一天(生活)的小故事。"尤利西斯"的角色一直让我心驰神迷——早在少年时代就已经如此。想象一下,十五年前,我还准备把它写成《都柏林人》中的一个短篇!七年以来我一直在写这本书——去它的!它是某种意义上的百科全书。我的本意是想把这一则神话从时间角度进行移调(*sub specie temporis nostri*)。每一场经历(也就是说,每一个小时、每一样器官、每一种艺术都在整体结构上相互联结和相互照应),它不仅需要善加调节,甚至还要无中生有地创造自身的技艺。每一场经历都是这样用来讲述某一个人,尽管它包括好几个人——就像阿奎那谈论众天使那样。没有哪一家英国印刷厂愿意替它印一个字。美国方面的书评也遭到了四次压制。目前我还听说,有人正准备一场抵制它出版的大规模运动。发起者是清教徒、英帝国主义者、爱尔兰共和派、天主教徒——这是怎样的一支联盟队伍!天哪,我真应该拿诺贝尔和平奖了。

三维人物形象

是什么吸引了乔伊斯,让他去关注希腊史诗中的英雄尤利西斯呢?有一次他与弗兰克·巴吉恩谈话时解释了这一点。乔伊斯想考一考巴吉恩,让他列举一位在世界文坛上创造出最立体的人物形象的作家。

荷马的《奥德修纪》

读者如果想要欣赏乔伊斯的《尤利西斯》,并不需要具备有关荷马史诗《奥德修纪》的高深学术知识(《奥德修纪》是希腊原著名称,它描述了故事主角奥德修斯的漂泊历程,而"尤利西斯"是"奥德修斯"这个名字的拉丁化写法)。如果对荷马史诗有所了解,当然有利于深刻体会乔伊斯的这个现代版本,所以我们至少要熟悉荷马原著的故事梗概,这是很有必要的事情。

荷马讲述的奥德修斯故事(约公元前750年完成)里有哪些内容?

奥德修斯是围困特洛伊并最终攻陷这座城池的古希腊英雄之一。这场战争是对斯巴达国王墨涅拉俄斯的妻子海伦与特洛伊王子帕里斯通奸、私奔的报复。

奥德修斯在返回家乡伊萨卡的途中耽搁了十年时间,这是他冒犯了海神波塞冬而招致的惩罚。好在奥德修斯以足智多谋著称,波塞冬屡次刁难,让他迂回绕路并历经危险,但他仍然侥幸逃脱。奥德修斯遇到过食人的巨人族、把人变成猪的巫婆喀尔刻、各种怪兽、与船只相撞的礁石和海涛漩涡,甚至还只身探访过冥府,与死者交谈。

与此同时,在他的故乡,忠贞不渝等候他返回的妻子佩涅洛普正面临着一百二十名王子的求婚。每个人都想与她成婚并夺取王位。当奥德修斯的儿子忒勒玛科斯外出寻觅父亲未果而返回时,这些王子又密谋要杀害他。

奥德修斯最终回到家园,他乔装改扮杀死了所有占据他的王宫、畅饮他的美酒、宰食他的牛羊牲畜、引诱他那些女仆的求婚者。

喜剧化的转译

乔伊斯把1904年的都柏林变成了奇遇历险之境,让他笔下的奥德修斯或尤利西斯在此漫游。乔伊斯挑选了谁来扮演这位现代尤利西斯的角色?他为此塑造的人物,是身份普通而性格温和的广告推销员利奥波德·布鲁姆,一位犹太裔"外邦人",让他在这部极具爱尔兰特色的作品里扮演核心角色。布鲁姆是史诗英雄奥德修斯的一种现时代、喜剧性的和写实主义的反英雄"转译"。

小说里还有其他许多对应荷马原著的"转译"人物。以下是三个主要角色。

代达洛斯

斯蒂芬·代达洛斯(来自《一个青年艺术家的肖像》)的对应角色,是寻找漂泊在外的父亲奥德修斯的儿子忒勒玛科斯。

斯蒂芬或忒勒玛科斯占据了《尤利西斯》的前三章,小说开篇讲述了他在"雄鹿"·莫里根(戈加蒂)租住的马特洛炮塔里生活的情形。

身材圆滚滚的"果酱布丁卷"利奥波德·布鲁姆（尤利西斯）首次出现在我们面前，是上午8点在家做早餐的情景。

布鲁姆妻子莫莉的对应人物是奥德修斯的妻子，耐心而忠诚等待英雄归来的佩涅洛普——两者之间的差别是莫莉并不忠贞，她跟生性放荡的"火苗"鲍伊兰发生了婚外情。

便利读者的导览图表

以下跨页图表根据荷马的《奥德修纪》标明了篇目与章节的名称。乔伊斯的《尤利西斯》并没有直接出现标题。

标题	场景	时间	器官	艺术类型	色彩
I 忒勒玛科斯篇					
1 忒勒玛科斯	炮塔	上午8点		神学	白色,金色
2 涅斯托耳	学校	上午10点		历史	褐色
3 普罗透斯	海滨	上午11点		语文学	绿色
II 奥德修斯篇					
1 独眼巨人	家里	上午8点	肾	经济学	橙色
2 食莲者	浴室	上午10点	生殖器	植物学,化学	
3 冥王哈德斯	墓园	上午11点	心	宗教	白色,黑色
4 风神埃俄洛斯	报社	中午12点	肺	修辞学	红色
5 莱斯特律戈涅斯	午餐	下午1点	食管	建筑学	
6 斯库拉与卡律布狄斯	图书馆	下午2点	脑	文学	
7 游移礁石	街道	下午3点	血液	力学	
8 塞壬	音乐厅	下午4点	耳朵	音乐	
9 独眼巨人	酒馆	下午5点	肌肉	政治	
10 瑙西卡	岩礁	晚上8点	眼、鼻	绘画	灰色,蓝色
11 日神的公牛	医院	晚上10点	子宫	医学	白色
12 喀耳刻	妓院	午夜12点	运动器官	魔法	
III 归家篇					
1 欧墨鲁斯	"车夫棚屋"咖啡店	凌晨1点	神经系统	航海术	
2 伊萨卡	家里	凌晨2点	骨骼	科学	
3 佩涅洛普	床铺	—	肉体	—	

这张图表提供了都柏林的街景地点、每个小时的明细与乔伊斯创立的各象征主题。

象征	技巧	对应关系
继承者	叙述（年轻人）	（斯蒂芬 – 忒勒玛科斯 – 哈姆雷特;"雄鹿"莫里根 – 安提诺乌斯;送牛奶的女人 – 导师）
马	教理问答（个人）	（迪西 – 涅斯托耳;庇西特拉图;萨金特;海伦;奥谢夫人）
海潮	独白（男性）	（普罗透斯 – 原初物质;凯文·伊根 – 墨涅拉俄斯;墨伽彭忒斯:捡鸟蛤的人们）
水泽仙女	叙述（成熟）	（卡吕普索号 – 水泽仙女;德卢葛兹肉铺:回忆;锡安:伊萨卡）
圣餐	自恋	（食莲者:轻便出租马车,领圣餐者,士兵们,阉人,游泳者,板球比赛观看者）
公墓管理员	夜魔	[多德尔桥,大运河与皇家运河,利菲河 – 四条河流:卡宁汉 – 西绪福斯;科菲("棺材")神父 – 地狱犬刻耳帕洛斯;公墓管理员 – 冥王哈得斯;丹尼尔·奥康纳 – 赫拉克勒斯;狄格南 – 厄尔皮诺;帕内尔 阿伽门农;导师:埃阿斯]
编辑	省略推理法	（克劳福德 – 埃俄洛斯;乱伦 – 新闻报道;浮岛 – 新闻出版界）
警员	胃肠蠕动	（安提法忒斯 – 饥饿;诱媒:食物;莱斯特律戈涅斯:牙齿）
特拉福,伦敦	辩证法	（岩石 – 亚里士多德,教条,斯特拉福;旋涡:柏拉图,神秘主义,伦敦 – 尤利西斯;苏格拉底,耶稣,莎士比亚）
市民们	迷宫	（博斯普鲁斯海峡 – 利菲河;欧洲岸侧 – 总督:亚洲岸侧 – 康密神父:对撞礁石般的市民群体）
酒吧女招待	遵照规则的赋格曲	（塞壬 – 酒吧女招待;岛屿 – 酒吧）
芬尼党人	巨人症	（没人 – 我;火刑柱 – 雪茄;挑战 – 神化）
处女	充血肿胀消除肿胀	（费阿刻斯 – 海星堂;格尔蒂 – 瑙西卡）
众母亲	胚胎发育	[医院 – 特里纳克里亚（西西里旧称）;兰佩提亚,法厄图萨 – 众护士;赫利俄斯 – 霍恩医生;公牛 – 生育力;罪行 – 欺诈]
妓女	幻觉	（喀耳刻 – 蓓拉）
水手	叙述（老年）	（欧墨鲁斯 – 山羊剥皮佬;水手 – 尤利西斯信使;墨兰提俄斯 – 考利）
彗星	教理问答（非个人）	（欧律马科斯 – 鲍伊兰;求婚者;种种顾虑;弓箭 – 理性）
大地	独白（女性）	（佩涅洛普 – 大地;织网 – 运动）

荷马的独眼巨人

我们来看一段荷马史诗里"独眼巨人"的情节,然后再看乔伊斯怎样在《尤利西斯》里对它进行转换。

奥德修斯和手下船员靠岸登陆,来到一群名为"库克罗普斯"的独眼巨人居住的岛屿。随后就有一个巨人波吕斐摩斯将他们囚禁在洞穴里。

库克罗普斯是食人族,所以波吕斐摩斯开始逐个儿吞食船员。

足智多谋的奥德修斯在某一天晚上,等到波吕斐摩斯喝得酩酊大醉以后,暗地里削尖了一根木桩,在火里烧到炙热,然后插入巨人的独眼,把他变成了瞎子。

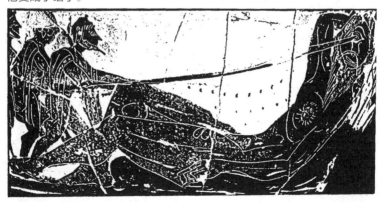

奥德修斯事先告诉过波吕斐摩斯：自己的名字是欧蒂斯（"没人"）。所以当波吕斐摩斯狂吼"没人要弄伤我"的时候，其他巨人以为他喝醉了，对他的喊叫声置之不理。

等到第二天天亮，波吕斐摩斯推开抵住山洞门口的巨石，放他的羊群去外面吃草。每只贴身经过的绵羊他都伸手捋一遍羊毛；但奥德修斯和他手下紧紧抓附在绵羊肚皮下面，最后得以逃脱。

正当众人要扬帆离开海岛，奥德修斯却一时按捺不住，对着岸边踱步的巨人高声吆喝，报出自己真名。他发出的声音等于给波吕斐摩斯提供了舰船的雷达定位，于是他朝船只方向掷出一块巨大的圆石，险些造成了一场灾难。

乔伊斯的独眼巨人

第二部分第九章"独眼巨人"的开篇,是波吕斐摩斯受伤失明经历的荒诞简化版。"我正跟都柏林警察厅的老特洛伊在阿伯山街角闲聊打发时间呢结果不知从哪里走过来一个倒霉催的扫烟囱的险些用他那干活玩意儿捅着我眼睛。"

巴尼·基尔南酒馆变成了独眼巨人的山洞,里面盘踞着一个憎恨英国人的芬尼派民族主义者"公民"。他用污言秽语表达自己对外国人的敌意,与波吕斐摩斯的独眼龙视角遥相呼应。他和同伴们都处于一种渴盼着(吞食同类的)可怕状态。

"独眼状态"是通过本章这位无名叙述者"我"单独传递出来的。

"甩货":一次偶然误会

那天早些时候,布鲁姆遇见班特姆·莱昂斯跟他搭话。莱昂斯想看看他报纸上的赛马信息表。

布鲁姆重复了一遍刚才说过的话,莱昂斯答道:"那我就冒险试一回吧。"此时的布鲁姆(还有我们)都对莱昂斯隐秘晦涩的回答感到迷惑不解。可是等到下午5点,当毫无察觉的布鲁姆走进基尔南酒馆,情况就清楚了。至少对我们来说是如此。1904年6月16日星期四,在现实和小说虚构的故事当中都有一场阿斯柯特金杯赛,有一匹名为"甩货"的冷门赛马选手以33比1的赔率轻松取胜。班特姆·莱昂斯认为布鲁姆有意向他透露了这场比赛的热门消息。

等到布鲁姆走进酒馆,这个故事已经传遍整个都柏林。

这些老酒客自己没有胆量根据"内线消息"下注,不过他们猜测,布鲁姆肯定赢了不少钱,但居然这么小气,不舍得请所有人喝杯酒——尽管他还真的点了一根雪茄(奥德修斯燃烧到通红的尖木桩形象!)

这就引发了那位公民及其朋党压抑已久的敌意。他们嘲笑布鲁姆的犹太人身份。布鲁姆以勇敢的态度反抗这种历史观。

这位"公民"（波吕斐摩斯）没有扔出巨石，而是朝着赶紧逃到一辆轻便双轮马车上的布鲁姆掷过去了一个饼干桶。在这伪圣经体的喜剧描写段落里，布鲁姆像先知以利亚一样，被带上了天堂。

布鲁姆跟奥德修斯一样贸然揭示自己的真实身份，为此他差一点付出了脑袋被砸出鼓包的代价！

乔伊斯向我们展示的是，我们在平常生活里，经常会以微观形式无意识地再现神话的关键主题。

生活模仿艺术

我们已经看到,一场真正的赛马活动——阿斯柯特金杯赛——是怎样被编入《尤利西斯》的虚构文字。现在我们再看看乔伊斯本人经历的另外两桩事情,怎样与《尤利西斯》产生了重合。第一件事有助于解释乔伊斯为何决定将他笔下的尤利西斯写成犹太人。

1904年夏天,醉醺醺的乔伊斯凑近搭讪一名沿着斯蒂芬绿地行走的年轻女子,结果惹怒了女子的男友,随后两人挥拳相向。一个名叫阿尔弗雷德·亨特的人解救了乔伊斯。这位亨特先生在两方面与虚构人物列奥波德·布鲁姆相同——他是众人皆知的犹太人,另外,他有一个不忠于他的太太。乔伊斯动心起念,想给亨特先生编一段迷你版的奥德修斯都柏林之旅,作为**《都柏林人》**里添加的一则故事。

埃克尔斯街 7 号

第二部分第十二章"喀尔刻"或妓院场景,是以醉酒状态下神志恍惚的斯蒂芬·代达洛斯被父亲式的角色布鲁姆(亨特先生)解救出来,然后被带到埃克尔斯街 7 号作为终结——那是布鲁姆的家,对乔伊斯来说,这里也是在他真实生活中具有重要意义的地址。

1909 年,乔伊斯有一次回到都柏林的时候,文森特·科斯格雷夫(《一个青年艺术家的肖像》里面的林奇)向他恶意透露了一件事情。

陷入绝望的乔伊斯去找居住在埃克尔斯街 7 号的老朋友 J. F. 伯恩(《一个青年艺术家的肖像》里的克兰利)。

离开都柏林之前,乔伊斯再次拜访伯恩并表示感谢。他们出门散步,回来时伯恩发现自己忘带大门钥匙了。

他纵身跃过栏杆,顺势溜到了地下室区域,从没有上锁的厨房洗涤室进入公寓楼,再重新绕回大厅门口,然后开门放他的同伴——斯蒂芬·代达洛斯进来。

这恰恰是布鲁姆在《尤利西斯》"欧墨鲁斯"这一章里带斯蒂芬进入他在埃克尔斯街 7 号寓所的情景。

普罗透斯：思想的复杂性

《尤利西斯》里思想最复杂的情节段落，或许出现在第一部分第三章《普罗透斯》。乔伊斯在欧洲经院哲学的故纸堆里搜罗，为他笔下的青年艺术家斯蒂芬·代达洛斯提供了各种武器，让他得以独自奋战并捕捉转瞬即逝的真实。乔伊斯给这场思想搏斗提供的类似关联，是荷马故事里的国王墨涅拉俄斯从狡猾而不断"移形变幻"的老海王普罗透斯那里攫取信息的经历。

令人目不暇接的隐晦典故和复杂的语言形式，就像海水一样变幻不居，以至于读者第一次看到这部分内容时，在困惑之余，可能忍不住想要放弃。

确实有那么一个时刻，语言似乎分崩离析为毫无意义、拼写错误的形态。

听，四个词的海浪话语：塞嗖，嚇呃唑，呃塞伊唑，呜乌丝（seesoo, hrss, rsseeiss, ooos）。

一定要听从乔伊斯的劝告。听！因为这是斯蒂芬用自造的词语捕捉海洋声音的奇妙时刻：一道海浪崩碎过后，泡沫在卵石海滩上退却的声音。

您不妨自己再念一遍。这样仿佛是在耳边放一只螺贝，就像小孩子聆听大海的做法。

意识流

乔伊斯完善了一种**意识流**的技巧。这种手法模拟内心里"自说自话"的模式——复杂流动的句型,随机中断,不完整的想法,吞吞吐吐的词句等。乔伊斯声称,自己出于偶然在某个车站售货亭购买过埃杜阿·杜雅尔丹的**《月桂树被砍倒了》**,一部已经被世人遗忘的法国小说,后来通过这本书学习并拓展了意识流技巧。

乔伊斯强烈否认过有些人的说法:那些人相信他的意识流手法借鉴了西格蒙德·弗洛伊德的无意识精神分析理论。

当时其他一些作家也形成了类似的"内在心思"（inner mind）概念。弗吉尼亚·伍尔夫（1882—1941）描述的一种现代主义创作实践手法，就与乔伊斯在《尤利西斯》里的创新技巧相吻合。

> 对一个普通心灵的普通一天进行片刻审视。心灵感受的印象不计其数——或微妙奇幻而转瞬即逝，或坚锐如钢而铭刻留存。它们来自四面八方，无穷无尽的原子永不止歇地泼洒倾注；当它们纷纷坠落，当它们自我塑造成形，汇入周一或周二的生活，这坠落之声却有别于旧日……生活是一轮明亮的光晕，一个通过意识的生灭而包裹我们的半透明封套。传递这种差异变化，这种无人知晓、无从确定边界的精神，无论它可能呈现出怎样的悖离与复杂，也要尽可能不让陌生与外在的事物彼此混杂——这不就是小说家的任务吗？

意识流的一则范例

《尤利西斯》几乎整本书都是用这种模式写出来的。我们不妨看看第二部第五章《莱斯特律戈涅斯》里的一则典型范例。下午1点钟在戴维·伯恩酒馆享用的一杯勃艮第红酒和戈尔贡左拉奶酪,撩动起布鲁姆的回忆,让他回想起自己在霍斯岬的海岸旁边第一次向莫莉求欢的那一天。这段回忆的开阖收束,是两只苍蝇在酒馆窗户上交配的场景描述。

黏在窗玻璃上的两只苍蝇嗡嗡作响,黏在一起。

灼热的酒在他腭间逗留,吞咽。榨汁机里碾碎的勃艮第葡萄。太阳的热量这是。好像受一种隐秘触动而向我讲述回忆。触动他的感觉湿润起来回想起来了。藏在霍斯岬的野蕨丛中。我们的下方海湾沉睡天空……

如痴如醉我伏在她身上，丰满的嘴唇完全打开，亲吻她的嘴。美味。温柔喂进我嘴里的香籽蛋糕温热的她嚼过。腻腻歪歪的食糜又甜又酸裹着口水。开心，我吃掉了，开心。青春生命，她嘴唇嘬着向我迎过来。温软，暖烘烘，黏糊糊，是饴糖果冻的嘴唇，是花朵她的眼睛，要了我吧，心甘情愿的眼神。几块砾石坠落……

热乎乎的我用舌头舔她。她亲吻我，我被她亲吻。百依百顺她抚弄我头发，亲吻，她亲吻我。

我。以及现在的我。

黏在一起，两只苍蝇嗡嗡作响。

塞壬

第二部分第八章《塞壬》的主导元素是听觉和音乐,而布鲁姆本人到最后也变成了一个得意扬扬的喜剧乐器。 那是他午餐享用的勃艮第酒和戈尔贡左拉奶酪在肠胃里发生的作用。他感觉自己要放屁,却只能憋住,因为正巧有位女士从旁边经过。路边有家古董店橱窗摆放着一部泥金绘像本**《罗伯特·埃默特在被告席上的演说》**,他假装端详其中的文字,等着过路电车的嘈杂声掩饰尴尬。

海中之花,油雅之花布鲁姆在端详最后几个字。悄声点儿。**当我的祖国她跻身于。**

噗噜噜噗噜噜。

肯定是那杯勃。

弗弗弗。噢哦。哧哧噗噜。

世界各民族国家的行列。后面没人。她走过去了。那时候直到那时候。电车。哐啷,哐啷,哐啷。不错好机。来了。哐啷得儿哐啷哐啷。肯定是那杯勃艮。好。一,二。**再把我的碑文。**喀啦啦啦啦啦。**写下来。我讲。**

噗噗噜噜弗弗哧哧噗噗弗弗弗。**完了。**

仔细聆听乔伊斯的音乐效果,有助于我们理解另一章,《塞壬》——它与《普罗透斯》同样难懂。在这一章里,乔伊斯重新讲述了荷马关于魅惑者海妖塞壬的故事。她们坐在岩石上,用美妙歌声引诱失去戒备的水手以某种方式丧生。

奥德修斯决意要成为听到塞壬的歌声却依然能够活命的人。他命令船员们堵住耳朵,不要听到任何声音,又把自己捆绑在船桅上,让身体动弹不得,以免落入塞壬的陷阱。

下午4点,布鲁姆在奥蒙德酒店聆听西蒙·代达洛斯演唱歌剧**《玛莎》**里(充满魅惑)的男高音选段。布鲁姆注意到,莫莉的情人"火苗"鲍伊兰正准备离开奥蒙德酒店,去跟她约会。当布鲁姆聆听歌剧曲调的时候,他最后的阻拦干预机会也飘逝而过……他拿着一根松紧带,在指头上反复缠绕、解开,将自己绑缚于常识的真相。这种做法宛如他的史诗原型人物——奥德修斯。

《塞壬》的前两页，是一堆令人迷惑、表面上毫无意义的芜杂字词，就像是一支乐队开始调音。我们偶尔可以从中听到那些即将完整演奏的旋律的零碎片断——这是我们将在本章"听到"的全部内容的小型预演。

这两页的预演，以两个词作为结束——**"完了"**（用来描述布鲁姆怎样放屁而结束本章的最后一个词），还有**"开始！"**（本章唯一没有再次听到的声音），它就像乐队指挥棒发出的敲击声，表明海妖塞王们的音乐总谱"开始"演奏。

其他的音乐声效不胜枚举。例如，布鲁姆想起莫莉的头发蓬松、鬈曲，散落在肩头，就是在模拟一种乐曲颤音。

她波浪弯曲浪弯曲曲浓密密浓浓浓弯曲的头发未曾梳理。

(her wavyavyeavyheavyeavyevyevy hair un comb:, d.)

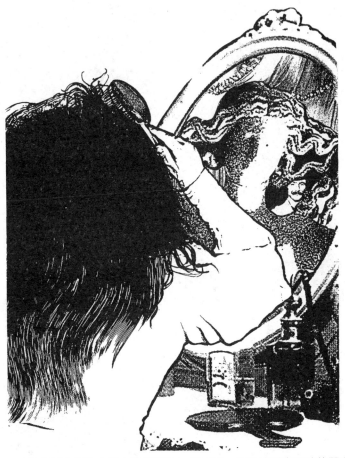

不同音符之间的音程（音高间隔），形成了一种急速弹奏和弦的琶音。用省略元音的"琶音"表述方式呈现"布鲁姆站起来"这个意思，像是手风琴的折叠动作，所以"布鲁姆站了起来"（Bloom stood up）就变成了BLMSTDP。

第二部分第十章：瑙西卡

　　荷马史诗里的瑙西卡是一位可爱的公主，她帮助过触礁沉船的奥德修斯——这是他漂泊过程中得以短暂休整而焕发精神的时刻。布鲁姆的瑙西卡是格尔蒂·麦克道维尔，她坐在桑迪芒特浅滩的一块岩石上面，这让布鲁姆有机会瞥见她"令人精神焕发"的脚踝——而他焕发精神的方式是自慰。

　　格尔蒂的意识流是从通俗言情类的低俗小说里提取出来的，乔伊斯在给朋友的一封信里形容它是："一种温暾寡淡橘子酱和抽屉桌斗味道的风格（中音 la!），带有熏香、圣母崇拜、自慰、炖鸟蛤、画家们的调色板、闲聊天、迂回婉转说话，诸如此类的效果。"

布鲁姆因为偷窥而亢奋激动，他的勃起与高潮，都是通过格尔蒂观看夜晚烟火秀时"橘子果酱味"的奇思遐想而滤析出来的。

然后有一支焰火腾空而起，砰地绽开，简直亮瞎人的眼睛噢哟！然后罗马蜡烛礼花手铳开始喷射，就像有人迸发出呻吟哀叹——"啵！"。所有人都在狂喜之中高喊"啵！啵！"。它喷出了一股金发细雨的水流。

等到格尔蒂一瘸一拐地往回家方向走，布鲁姆才意识到她是跛脚。

是的……

布鲁姆从格尔蒂那里暂时获得释怀,而莫莉正在跟"火苗"鲍伊兰一起享受短暂的欢娱满足。但到了最后,在《佩涅洛普》这一章里,莫莉却抛弃了鲍伊兰,仿佛他只是一个假阳具,一个"巨大通红的玩意儿"。当她溜到床上睡觉,在最后一段意识流独白里,她的思绪已经"忠诚地"回到布鲁姆身边。

明天的太阳为你发光呢他说那天我们躺在霍斯岬的杜鹃花丛里穿着灰呢子套装还有他那顶草帽我引得他向我求婚是的我先把嘴里的香籽蛋糕吐出来一点点喂他那是闰年像今年一样是的十六年前了我的天哪亲了那么久我气都喘不过来了是的他说我是一朵山花是的所以我们都是花儿一个女人的身体是的那是他这辈子说过的一句实话而今天的太阳为你发光是的这是我为什么喜欢他因为我知道他了解或者感觉到女人是什么……

……然后他问我愿不愿意是的要说是的我的山花儿啊我先用胳膊搂住他是的再把他拽倒在我身上这样他能摸到我胸脯香气扑鼻是的他的心不停狂跳是的我说是的我愿意的。

这个章节——以及整部小说——以莫莉不断重复"**是的**"而形成肯定式的终结。开头与结尾就这样联结起来，形成一个圆环——它究竟是不是一个完美的圆环？

解决,还是确认?

在喜剧小说——例如简·奥斯汀的小说里面——我们可以预期的是,各种错综复杂的情形与误解,终究会达成以婚姻为形式的和谐与问题解决办法——这是传统的"美满结局"。

《尤利西斯》里解决问题的终结点又在哪里?

斯蒂芬·代达洛斯是替自己寻觅一位父亲的忒勒玛科斯,他从布鲁姆慈父般的关怀里找到了某种替代——两个人的邂逅发生在妓院,但它归根到底只是一种暂时的状态,而不是问题的终结。

已婚男子布鲁姆被妻子戴了绿帽,他的性压力通过在桑迪芒特浅滩上自慰而获得释放。他最终的结果,是跟将近十来年没有完整性关系的妻子头脚相抵并排躺在床上。这也很难算是传统意义上解决问题的"美满结局"。这个终结,体现了人类的一种**不完美**回环。

可以看到,布鲁姆和莫莉共同拥有一种迥异于正统的交流契合方式。布鲁姆在一整天漫游过程中的遐思冥想始终锚定在莫莉身上,而莫莉最终也在自身思绪中向他予以忠诚回馈。这是两个人真诚共享的一种情感、交流契合与和解,它远远超越了机械反应式的精液喷射。

乔伊斯想要表达的是,生活的问题只能获得确认,它永远也无法彻底解决。

《尤利西斯》的出版

1918年,玛格丽特·安德森和简·希普开始在纽约《小评论》杂志连载《尤利西斯》。1920年10月,她们出版了这部小说将近一半的篇幅*,但由于"纽约恶习抑制协会"私下采取抵制淫秽的行动,导致小说停止刊载。美国对《尤利西斯》的出版禁令,一直持续到1933年约翰·M.伍尔西法官下达他那份著名判词:"这是关于男性和女性内在生命的有力评论……我强烈意识到,因为《尤利西斯》里存在部分场景,对一些虽然正常却敏感的人来说,等于让他们猛灌一口烈酒。但是经过长时间思考,我的审慎意见是,尽管《尤利西斯》在某些地方会产生催吐的效果,但从任何方面来看它都没有刻意诱发色欲。因此,《尤利西斯》可以引进美国。"

在法庭对《尤利西斯》下达这项裁决的同一周,美国禁酒法令也遭废除。

再回到1920年。当一扇门户关闭,另一扇门却随之打开。乔伊斯这一年在巴黎遇见了西尔维娅·毕奇。她是具有悠久宗教家族背景的美国长老会牧师后裔,在奥岱翁街12号开办了一家"莎士比亚书店"(Shakespeare & Co.)。1921年4月,她提议在法国出版《尤利西斯》,乔伊斯一口答应了下来。

---

*《尤利西斯》在1922年2月2日乔伊斯的生日那天正式出版。

在苏黎世,在一场有关爱尔兰人的机智与幽默的讨论结束后,诺拉对乔伊斯说……

> 爱尔兰人的机智与幽默,这说的都是些什么呀?我们家有哪本书是我愿意读上一两页的吗?

妻子对自己这份天赋的无动于衷,既让乔伊斯感到气恼,也让他觉得有趣。尽管她从不读**《尤利西斯》**,但是如果没有她,这本书也不可能写出来。她是莫莉·布鲁姆的首要原型(尽管她把莫莉贬称为一个"恐怖、肥胖、丑陋的已婚妇女")。不仅如此,正是在她的影响下,在共同流亡的过程中,乔伊斯终于明白了母亲当年希望他明白的事情。

> 人心是什么?它究竟怎样感觉——这是一种智慧,我在利奥波德·布鲁姆,那个尊严体面而完整丰富的男子身上展开了描绘。

看到**《尤利西斯》**的出版进程一帆风顺，乔伊斯立即着手从自己先前写小说剩下的大量笔记里筛选下一部著作，**《芬尼根守灵夜》**的灵感种子。他在后来十七年里持续不断地营构这部小说。与此同时，他还继续撰写青年时期那种细腻的抒情诗歌，而且不顾伟大的现代主义诗人埃兹拉·庞德的忠告，在1927年出版了以"诗歌单价一便士"（Pomes Penyeach）为题的诗集。

沙利文的捍卫者

同一年里,由于**《芬尼根守灵夜》**遭遇到几乎普遍一致的反对,他感到心灰意冷,以至于考虑要放弃这部作品,留给自己的爱尔兰同乡詹姆斯·斯蒂芬斯去完成。这段时间他对爱尔兰男高音歌手约翰·沙利文的欣赏达到了一种狂热铁杆歌迷的程度。乔伊斯觉得沙利文遭受歌剧界权势集团的刻意冷落,就像早先时候都柏林文学界的权势集团对待他一样。他孜孜不倦地投身支持沙利文的宣传活动,甚至还在 1930 年 6 月 30 日沙利文到巴黎歌剧院登台参演罗西尼的《威廉·退尔》时,刻意安排了一场招摇过市的把戏。各家报纸刊载的相关报道如下:

整个剧场忽然鸦雀无声,因为包厢那边有个人(许多观众认出他是詹姆斯·乔伊斯,爱尔兰小说家与诗人)十分夸张地向前探出身子,然后从脸上摘下一副厚重的墨镜,高声欢呼道:"*Merci mon Dieu, pour ce miracle. Apres vingt ans, je revois la lumiere.*" *

---

* 感谢上帝显示这神迹。二十年后我再次看到了光明。

老罪人之死

将近一整年过后，约翰·斯坦尼斯劳斯·乔伊斯在都柏林的一家医院去世。乔伊斯不胜悲伤愧疚。他用一贯的锐利眼光，书写了父亲在自己生命里扮演的角色。

父亲对我的喜爱非同寻常。他是我生平所知最愚蠢的人，也精明狡黠到残酷的地步。他直到生命最后一息还惦记我、说起我。我过去一直非常喜欢他，而同样作为一个罪人，我甚至还喜欢他的过错。我作品里面有数百页文字和几十个人物都来源于他。他的冷幽默（或者说酒后幽默），还有他的面部表情，经常让我笑得抽筋。我从他那里继承了他本人的几幅肖像照，一件西服背心，一副男高音的好嗓子，还有极度放荡淫逸的性情（不过，假如说我还有一点才华，应该绝大部分都来源于此）。

女儿精神崩溃

1932年2月2日是乔伊斯的生日,但这一天却因为女儿露西亚反复无常的行为而蒙上阴影。那一天,她开始呈现精神分裂的病态症状。著名瑞士心理分析学家 C. G. 荣格对露西亚进行了检查。

> 你和她就像是两个人一起潜到河底,但她已经溺水待毙,而先生您却在继续下潜。

乔伊斯的孙子斯蒂芬在1932年2月15日出生,让笼罩在家庭上空的阴云稍微消散。乔伊斯创作了一首质朴感人的诗歌 **"Ecce Puer"**(《看那个男孩》),将父亲的死亡与新生儿的来临联系到一起。

从黑暗的过往
诞生出一个男孩
欢乐与悲伤
把我的心撕裂

这生命安静地
躺在他的摇篮
愿爱与慈悲
开启他的眼睛!

年轻的生命呼吸
落在玻璃表面
曾经面目全非的世界
开始消散

一个孩子在沉睡,
一个老人离去
噢,被抛弃的父啊,
原谅你的儿子!

露西亚的病情不断恶化，但乔伊斯仍然不愿放弃希望。他虽然沮丧却锲而不舍，拼命想找到挽救她的办法。他在 1936 年 6 月给哈丽雅特·韦弗写信说，他绝不会把她关进"精神病人的牢房"。

只要我还能看到她有恢复健康的一线希望，我就不会这么做。我也不会责怪她受疾病侵害而犯下的重大罪过，这是人类所知的最难以琢磨的疾病之一，而医学界对它尚不了解。我猜想，假如您处于她目前的状况，而且感觉到她必然的感受，那么，当您觉得自己既没有被人抛弃，也没有被人遗忘，或许就能感觉到某种希望。

面对所有这些困难，加上各种疾病缠身，在极度缺乏信心鼓励、战争危机日益临近的情况下，乔伊斯继续奋战不息，终于完成了《芬尼根守灵夜》，并在 1939 年 2 月 2 日他五十七岁生日当天出版。在整个撰写过程中，乔伊斯对小说标题采取保密做法，先前分批出版的部分内容仅以"创作进程中的作品"（Work in Progress）为名。

《芬尼根守灵夜》

18世纪伟大的作家与词典学家塞缪尔·约翰生博士曾经谈论到另一部爱尔兰人的著作——劳伦斯·斯特恩风格怪诞的反小说著作《项狄传》。他说:"任何这样古怪的东西都不会流传下去。"——这也是直到近年,人们对《芬尼根守灵夜》较为普遍的看法。这部小说是在1922年和1939年之间创作完成的,它必然见证了绝大部分的时代精神演变——毕加索与爵士乐的时代、达利与斯特拉文斯基、支离破碎的视角、融化的钟表,以及切分音产生的不和谐音程。

然而,乔伊斯这部稀奇古怪的作品背后仍然存在一种逻辑,表明他在内心里仍然是一位古典主义者,始终对最细微的意义细节与效果加以掌控,即便是在读者感觉它们晦涩到令人发指的时候。

夜晚之书

他曾经通过**《尤利西斯》**完成了自己关于白昼的巨著,在意识流里找到了人类心灵如何在日常清醒状态下形成随机、无序联结模式的关键。现在,他准备在这部关于夜晚的巨著**《芬尼根守灵夜》**里揭穿睡梦与死者世界的诸多秘密。

针对那些觉得这部小说过于费解的人,他耐心回答道……

> 他们说这本书晦涩。他们拿它跟《尤利西斯》相比。但《尤利西斯》的行动主要发生在白昼。我这部新作讲述的行动却发生在夜晚。夜晚发生的事情自然不应该那么清晰,是不是这样?

乔伊斯说他在寻找"患有某种理想失眠症的理想读者"。

它是用什么语言写的?

在黑暗夜色中(别忘了,乔伊斯当时已经近乎失明),听觉比视力更具优势。对于那些发现小说不忍卒读的人,他建议不要只是看,而是去**聆听**它。

这就是乔伊斯读者的黄金法则——**遇到疑惑不解的地方,就把它大声念出来**——但是要尝试用都柏林的口音。

《芬尼根守灵夜》采用了一种夜晚时分的梦幻语言。它的基本句法和韵律来自都柏林口音的英语,但同时也映照出世界各地近**五十种语言**的存在痕迹。乔伊斯使用多层次、多语种的双关语,在同一时间表达出众多层级的含义,从而颠覆了我们对常规"白昼"语言的正常期待。

一位爱尔兰(盲)人的报复

在某种程度上,乔伊斯的语言革命也是从精妙复杂的语言角度报复了英国殖民者对爱尔兰长达 800 年的占领。乔伊斯接管了英国人最引以为豪的财富——弥尔顿和莎士比亚的语言,然后将它砸成碎片,炖成"豆词汤"(mess of mottage)*,拿它来重写世界的历史。

他的灵魂不再"置身于他人的语言阴影之下而焦躁不安"。乔伊斯让他笔下的闪(Shem)——一位夜晚时分的人物吹嘘说,他会……

用多种喻音的唾法,从尘世表面清除所有说鬼佬英语的人……(wipe alley English spooker multaphoniaksically spuking off the face of the erse ...)

汉弗莱·钱普顿·屹耳微柯(HCE)和安娜·利维娅·普鲁拉贝尔(ALP)的两个儿子分别是:以乔伊斯本人为原型的"闪",还有以他弟弟斯坦尼斯劳斯为原型的"肖恩"(Shaun)。**

---

* 典出《圣经》里以扫出卖长子权换取红豆汤的故事。乔伊斯在《芬尼根守灵夜》里将英语原文 mess of pottage 改为 mess of mottage,而法语里的 mots 意思是"语词"。——译注

** 闪是《圣经·创世记》里挪亚的长子,"肖恩"是《圣经》人物约哈南的爱尔兰语发音。——译注

性的故事

乔伊斯为我们提供的人类通史,从基础层面来看是一个简单的故事。

乔伊斯所说的是我们所有人都应该明白的事情:从任何叙事的核心深处,都可以看到(多数情况下发生在)某个男人与某个女人之间的浪漫情事、求偶过程与性关系。那么,作为《芬尼根守灵夜》中心角色的那个男人与那个女人又是谁?

---

* 图中文字出自《芬尼根守灵夜》第一部第八章。——译注

HCE 与 ALP

《芬尼根守灵夜》最基本的故事线，是都柏林一家酒馆老板做的梦。老板名为汉弗莱·钱普顿·屹耳微柯（HCE 或 Here Comes Everybody，意思是"所有人在此"），即普遍意义上的"所有人"。故事中的那个女人是 HCE 的妻子安娜·利维娅·普鲁拉贝尔（ALP）。HCE 跟乔伊斯创造的其他角色一样，映照出那位"一贯堕落者"，也就是他父亲约翰·斯坦尼斯劳斯·乔伊斯的影子。

以往他是怎样把脑袋昂得像霍斯山一般高啊，那个著名的外乡老公爵。他还随身扛着一顶气宇轩昂的橐背，像是黄鼬鼠在走动。还有他带德里本地口音的拖腔，还有他拿软木塞堵过的唠叨废话，还有他程度翻倍的结巴，还有他唬人卖弄的把戏。*

这里的线索是"像霍斯山一般高"（high as a Howeth）。乔伊斯想要表达什么？

---

*原文出自《芬尼根守灵夜》第一部第七章。——译注

HCE 的实在向外延展，超过了任何一种关联，以某种梦境的方式与都柏林自身融为一体。当他渐渐沉入梦乡，我们可以瞥见，他的身形从考古意义上嵌入了都柏林的城市景观。我们透过当代世界的日常表象，进入都柏林历史更深的层面——维多利亚时代、乔治时代、伊丽莎白一世的时代、中世纪和维京人时代。我们逐步辨清一位酣睡巨人的轮廓——霍斯山（又名 Howth Head，即霍斯岬*）形成他的头颅，他的双臂在睡梦中舒展环绕着海湾，躯干是这座城市自身，脚趾蜷缩在卡索诺克的青翠草坪，而一个巨大的勃起物昂然矗立在凤凰公园的灌木丛中，它就是"慰灵敦祭念瞰远镜"（Willingdone Mormorial Tallowscoop，即 Wellington Testimonial，威灵顿纪念碑，一座为铭记威灵顿公爵历次胜利成果而竖立的巨型方尖碑）。

* Howth Head 字面意思是"霍斯头"，Howth 在古挪威语里的意思是"头"。——译注

正如 HCE 不仅是某个男人,还是集体意义上的人类,一种男性本相*。他的妻子安娜·利维娅·普鲁拉贝尔(ALP)也同样变成了一种女性本相——都柏林的利菲河——这条河在旧地图上被称为"安娜·利菲"(Anna Liffey)。Anna 一词源于爱尔兰语 amhain,意即"一条河流"。ALP 起初只是都柏林群山高处萨利峡谷间的涓涓细流,她沿着山麓小丘一路欢快流淌而下,经过这座城市,再汇入都柏林湾,与大海融为一体,实现了某种形式的死亡。最终,她化为一朵云彩获得重生,播洒雨水,并将再次成为一条河流,借此完成回环。

* "本相"原文 principle,一个出自维柯的历史概念,亦可译作"原则"。——译注

听，你会感觉到河水的乐章从小说行文里流淌而出……

她从萨利诺金旁边狡猾地溜走，一路开心欢畅，仿佛这湿乎乎的天气，潺潺，汩汩，絮絮叨叨，自言自语，在田野的肘弯处将它们隐蔽，她侧身斜转，隐秘蛇行而逝，晕头转脑，奶奶妈，闲言碎语漫无边际的安娜·利维娅。

最后那个词带有绝妙的乔伊斯韵味。它是这条河流怀抱之中几只鸭子发出的声音。但它们是受过教育的鸭子，是在用法语呱呱地叫唤着"啥啥啥"，好像对这部奇怪的作品表示大惑不解。

---

* "啩"对应的法语原文为 quoi，意思是"什么"。——译注

但它为什么取名为《芬尼根守灵夜》?

乔伊斯的书名标题来自爱尔兰裔美国人的歌谣《芬尼根守灵夜》。

它讲述了爱喝威士忌的泥瓦工提姆·芬尼根有一天从梯子上面跌下来摔碎脑壳的经历。人们把他的尸体运回家,在下葬前安排了一场传统的爱尔兰守灵仪式,让葬礼参与者欢聚宴饮。杯盏之间,有人打起架来,酒杯里的威士忌洒到了提姆的尸体上,结果他真的一个激灵苏醒*过来,高声喊道:

* 书名里的"守灵"(Wake)也有"醒来"的意思。——译注

泥瓦工提姆·芬尼根("所有人"或亚当)从脚手架上掉下来摔死,结果却因为别人泼洒的威士忌而重生(爱尔兰语里的威士忌是 *uisce beatha*,意思是"生命之水")。他与乔伊斯概括的人类集体历史过程形成完美契合:堕落、睡眠、死亡与复活。融合了喜剧感与悲剧感、**重复出现的原型角色**,形成了一种人类普遍的梦境 – 历史:HCE 与芬尼根 = 亚当与[墙头坠落摔成碎片的]昏弟敦弟 = 人类 = 基督、帕内尔、乔纳森·斯威夫特的盲目状态等等。

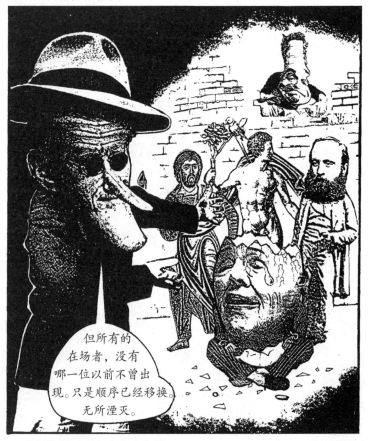

但所有的在场者,没有哪一位以前不曾出现。只是顺序已经移换。无所湮灭。

乔伊斯说"所有人在此"(Here Comes Everybody)——意思是没有遗漏任何人或任何事,但(现象的)秩序却已经迥然不同。

完美的回环

《芬尼根守灵夜》是回环结构,它没有开始或终结,只有不断的重生。这种回环概念在小说开篇用某一句话的后半段展开。

河水奔流,经过夏娃与亚当之家,从疾转的岸滩到海湾曲口,带我们经过开阔回环的维柯路,再回到霍斯堡及周边郊外。(riverrun, past Eve and Adams, from swerve of shore to bend of bay, brings us by a commodius vicus of recirculation back to Howth Castle and Environs.)

乔伊斯把这半句的内容与它的前半截捻开解散,再把前半截的内容留给全书的**结尾**。

那些钥匙。已经给予!一条路一次独行一场最后的一个被爱的一道漫长的这……

读者必须把它们重新捻聚起来(doublends jined,"两头相接"),才能领会到造就人类历史的入梦与苏醒之回环。

乔伊斯指的是8世纪《圣经》福音书的泥金彩饰本,它以凯尔特风格的装饰而闻名,图案繁密到几乎完全掩盖了每个章节的启首大写字母。所以,**《芬尼根守灵夜》**的基础回环式框架,也同样饰满了精致复杂的语言藤蔓。

维柯的历史回环

我们再来看一眼这部小说开篇那个支离断裂的句子,并聚焦于"开阔回环的维柯路"(commodius vicus of recirculation)。它是凯尔特式缠枝纹样设计的一个典型例证。**"开阔"**(commodius)不仅指代古罗马的皇帝康茂多(Commodus),它还是 commodious 的词根来源,意思是"便利的,开阔的"。**"维柯"**(Vicus)是拉丁语里"村庄"的意思,所以(历史回环的)commodius vicus("开阔村庄")就是都柏林。这还只是小说的开头而已!

通过意义超载的历史双关语,**"回环的维柯路"**还让人立刻联想起那不勒斯的历史哲学家**詹巴蒂斯塔·维柯**(1668—1774)。

就像《尤利西斯》发掘、利用了荷马史诗的材料一样,乔伊斯也借鉴了维柯的历史理论。在维柯看来,历史由一系列的回环组成,即历史时代不断再现,仿佛潮涨潮落,或者是"进程和复归"(course and recourse)——神的时代、英雄时代、人的时代,接下来是一段混乱时期,导致整个过程再次启动。

《芬尼根守灵夜》展开的这个回环,是以隆隆雷声为先导。它每隔几段文字再次出现。就在第一页,我们会首次遇到连续一百个字母组成的"雷语":

叭叭啪阔嘎啦噶塔咔嗡唎咿呐羲隆空隆嘣隆嗵呐羲隆嗵噜隆嘡啷忒隆瓦呃晃隆嗞喱啷突兀忽兀忽兀尔噔嗯傸呃怒喀!

(Bábábbádálgharaghtakamminarronnkonnbronntonnerronntuonnthunntrovarrhounawnskawntoohoohoordenenthurnuk!)

这种怪诞的语言足以让读者望而却步。但是我们不得不承认乔伊斯确实是在这里模仿雷声——通过三个不重读的连续音节 bábábbá(叭叭啪)和紧随其后的一个重读音节 dál(阔),凸显出它滚动的鸣响与渐强的音量。

ALP 简介

《**芬尼根守灵夜**》里最容易读懂的内容，或许是所谓"安娜·利维娅·普鲁拉贝尔"那一部分。1930 年费珀公司曾经把这个页数不多的章节作为单行本出版。乔伊斯还挑选这部分的最后几页朗读并现场录音。他把本章形容为"一次试图让语词顺从水流韵律的尝试"。他写信告诉韦弗小姐说它是：

两个洗衣妇在河对岸喋喋不休的聊天，等到天黑，又变成了一棵树和一块石头。这条河流的名字是安娜·利菲。开头有些词语是丹麦语和英语的混杂。都柏林是维京人创立的城市，其爱尔兰名是"巴里·阿萨·克利阿斯"（Baile Atha Cliath）。Ballyclee 相当于"有编栅河堤的渡口或城镇"。

她的潘多拉之匣收藏了人类肉身承袭的各种疾症。河流是深褐色的，有很多鲑鱼，河道相当迂回，水很浅。从河流开始被分割的地方（沿途共七座水坝），直到河口附近，就是这座建造中的城市。

肮脏的亵衣

有人听见两个洗衣妇在都柏林郊外查佩利佐德的利菲河岸边闲聊天。这个地区历史悠久,因为瓦格纳同名歌剧而盛名不朽的特里斯坦及伊索尔德传说就与它密切相关。与这段河流故事相匹配的是,本章前三行构成了一个三角洲的形状。

噢
跟我说说安娜·利维娅
所有的事情吧!我想听到全部

有一个说话的声音,拼命想给安娜·利维娅和她丈夫 HCE 泼点脏水,在不断催促另一位絮絮叨叨地暴露各种污秽琐事:"哎,别价!哎,别价!再跟我多说说。跟我说说所有小厮情。我不想错过一星半点儿的火焰苗头。"

两个人一边讨论手头活计主顾的个人生活,一边洗涤他们的贴身衣物,把私底下的事情拿到光天化日里说。她俩叽里呱啦地闲扯着衣服上不同污渍的邪恶意义——比如 HCE 内裤上那块难洗的东西——猜测"不管咋样,他们都要想办法弄明白他在那个疯妄公园*里面对两人想做的事情"。

ALP 也遭到了这两个老虎婆的审查,因为就像都柏林人说的,"一个巴掌拍不响"。

我心里清楚,他喜欢去哪些地方办脏事儿,这腌臜鬼……

肯定她本人也跟他差不多坏了。

她们"闲言碎语漫无边际"(gossipaceous)的攀谈,就像是一个拥挤餐馆里零星偷听到的谈话。

---

*"疯妄公园"是都柏林凤凰公园的讹音,这里指的是 HCE 涉嫌在此偷窥两名女子的传言。——译注

河流的长发

就像 HCE 体现出乔伊斯对父亲的回忆,他还从其他现实人物身上提取思路,给利菲河赋予了人性。安娜·利维娅的波纹水流,让乔伊斯联想起作家伊塔洛·斯维沃妻子的飘逸长发。乔伊斯向一位意大利记者表示:

他们说我让斯维沃盛名不朽,其实我还让斯维沃夫人的满头鬈发变成了不朽的形象。那是微微泛红的金黄色长发。我妹妹曾经看见它披散垂落的模样,然后向我描述过。都柏林的那条河流经过一座座染坊,河水会泛起微红颜色。所以,我就用游戏笔墨,在目前写的这本书里把这两样东西进行类比。书里的一位女士会留有这样的满头鬈发,其实它是斯维沃夫人的头发。

关于 ALP 的流言蜚语，就像洗衣妇的肥皂泡沫一样越聚越多。她在接受 HCE 追求的时候，还只是"年轻瘦弱苍白温柔害羞苗条的一个小东西"。但即使还是个小女孩，她就已逃脱父母的掌控。

但最要紧的、最要命的是，这左扭右摆的小可人儿利维娅，她从魔鬼峡谷的一道隘口侧身溜了出来，而萨利她的保姆在深沟里睡得正酣，所以，呸呸啐啐！*

据说她早先就四处游荡，甚至还诱惑过卢格拉的几位隐修士。

*魔鬼峡谷和萨利都是利菲河发源地附近的地点。——译注

即使已经安稳嫁人，都柏林之河安娜·利维娅到周六晚上仍然把自己打扮得花枝招展，去参加约会，她寻了个借口向 HCE 告假，然后开心地出门赴约。

她先让头发垂落下来，而它弯绕的发卷迂回流淌到她脚面。*然后，她像初生的婴儿那样赤裸身体，用节庆水和匹斯塔尼香泥给自己洗浴，上上下下，从头顶到足底。接下来她给自己涂油，喉颈位置的沟辙、船坞码头、鱼梁和防波高堤、痒痒肉沟。用奶油糖汁和松脂以及蛇百里香的防污涂层，卷起层层腐叶。她环绕着瞳仁群岛和暗褐小岛引路向前，腹部排满了梅花五点的图案。蜡像金箔剥落她琼脂般的肚皮，还有她那些用了熏香颗粒的古铜色脚踝。随后她编好一只戴在头发上的花环。她给头发打结，给它编辫。早熟禾草与河边菖蒲，芦苇和水藻，垂柳落叶。然后她开始制作自己的手链，还有踝环和她的臂钏，以及一串充当项链的栈桥护身符，用料是咔咔硪硪的鹅卵石、噼里啪啦的

---

*这一章引用的所有段落里，都有大量谐音词语，暗含世界各地的河流名称。——译注

小圆石、轰隆隆卸落的碎砾。昂贵珍稀的,是爱尔兰的如尼字母莱茵石和贝壳大理石做的镯串。忙完这些,再给她毛茸茸的眼潭边涂一层煤烟影粉,安努斯卡·卢泰西亚维奇·帕夫洛瓦。还用厘厘普乳膏涂抹她的小嘴唇,颧颊上敷的是颜彩盒里的精华,从各种草莓红到特别的紫色。然后,她派遣自己的几名贴身侍女去寻找富尔饶老爷、殷桃大和殷桃真*,这两位表兄弟,声称他夫人前来致意,密斯息蔽与速离,附带询问一句她可否与他暂作小别。要出门拜访,要点一根蜡烛带上,就在阿洛河上的布里,在细雨中回返。钟表鸡器敲九响,星辰闪耀晶光,某家人在等我呢!她说,她出门的距离不会超过她流程的一半。然后,然后,等驼子刚扭转后背,她肩头斜挎着邮包,安娜·利维娅,牡蛎面孔,她携带着满河床的水奔涌而来。

---

* 原文 His Affluence, Ciliegia Grande and Kirschie Real,字面意思是"富庶阁下"(英语)、"樱桃大"(意大利语)和"樱桃真"(德语)。"密斯息蔽与速离"原文为 (his) missus, seepy and sewery,"密西西比与密苏里河"的文字游戏。——译注

代表人类普遍历史的河流

洗衣妇搓洗衣服的动作本身就体现出一种河流的特征。

这些霉斑(moudaw,即 River Moldau,伏尔塔瓦河),累得我两只手腕生锈。它湿得有多么透(dneepers,即 River Dniepper,第聂伯河),罪孽有多么深(gangres,即 River Ganges,恒河)。

乔伊斯刻意汇集了世界各地的河流名称,纳入小说文本。因为正如他所说,他希望,等将来的年轻人抵达世界上许多不同的地方,再读这个章节的时候,只要他们发现属于自己的那条河流名称,会立刻产生一种归乡感。

ALP 的悲怆

ALP 这一章的最后几页里,暮色渐浓,这是乔伊斯所有作品里最具魔幻音乐感的文字。我们可以听到钟楼传来金属色泽的鸣唱:

"呼嘭!三钟经的时辰已到!孕含之意(Concepta)是让我们祈祷!兵!"

一阵冷风吹过河面,气氛变得哀婉凄凉。乔伊斯似乎想通过安娜·利维娅与孩子们分离的哀痛,来捕捉爱尔兰人离散到异乡的悲伤。

她的孩子们都在哪儿呢,我说?在消失的王国或者未来的权力,或者荣耀归于他们的父那里?泥沙沉积,雨水降落!这里也一样,更多别再更多,还有更多流落到异乡。

一道闪电划过,夜幕开始降临。两个洗衣妇的身影逐渐模糊并固化,一个变成了树,另一个变成了石头。彼此无法再听清对方的声音,却依然在声音含混、咕咕哝哝地说着人类家庭的闲话,她们渐渐融入夜色与河流的盘旋水涡。

听不见因为水声来自于。这唧唧啾啾的水声来自于。蝙蝠飞掠而过,田鼠回怼。嚯!你不回家吗?什么托马斯·马龙?听不见因为蝙蝠全都在叽喳,满耳朵的声音都是利菲流水来自于。嚯,聊聊天,救救我们吧!我两只脚疼弹不得。*我觉得我跟远处的榆树一样老。讲讲肖恩或者闪的故事?利维娅所有的女儿－儿子。黑老鹰它们听见我们说话。天黑了!天黑了!我这旧脑壳沉得往下直奔拉。我觉得我跟远处的石头一样沉。跟我说一说约翰或者肖恩?谁是闪和肖恩这些在世的子女?他们的父母……现在天黑了!告诉我,告树我,树我!天黑了,天黑了!跟我讲个竖枝或者是石头的古事。旁边河道的水流来自于,四面八方的水流来自于。天黑了!

---
*原文里有一些模仿说话声音逐渐模糊的词句。——译注

然而，在这片魔幻景观中，安娜·利维娅自身无法被摧毁。

这是精灵之地！充盈的时间和欢乐回返。重新和原先一样。维柯规律，或者我记得你们。曾经是安娜，此时是利维娅，将会是普鲁拉贝尔。

乔伊斯本人写信告诉哈丽雅特·韦弗说：

> 如果安娜·利维娅的结局写法还不够厉害，那只能说明我对语言的判断很愚蠢。

流亡者的最后一次流亡

1939年《芬尼根守灵夜》的出版,明确标志着乔伊斯创作生涯的终结。战争的阴云日益迫近,他又开始深切担忧怎样保护露西亚的问题。他到圣热朗热皮的乡间隐居了一年,偶尔会接待塞缪尔·贝克特和保罗·利昂这批老朋友。随着法国沦陷和德国占领成为现实,形势越来越恶化,他紧急逃往瑞士,希望能去那里找到自己在"一战"期间曾获得的安全庇护。他在1940年携带全家人抵达苏黎世,再次成为漂泊者,但此时他已经精疲力竭,1941年1月13日,他在接受十二指肠溃疡穿孔手术后去世。

1904年乔伊斯离开都柏林的时候,三一学院常务副校长约翰·彭特兰·马哈菲爵士曾经发表评论。这位神父的说法,反映了许多其同时代人的情绪:

> 感谢天主,(乔伊斯和乔治·莫尔)这两位都从都柏林滚走了。但在此之前,他们已经像一对臭鼬似的朝所有体面人身上撒过臭气。作为一个活生生的例证,詹姆斯·乔伊斯足以证实我的看法,给这座岛上的土著单独建造一所大学,本身就是个错误。

时至今日，这些臭气多半已经消散，而我们可以看到乔伊斯的本来面目：一个热爱自己的家人，热爱艺术的人。

目前乔伊斯甚至已经成为他诞生城市的时尚代表（这就是旅游经济的消毒力量！），还有迹象表明，**布鲁姆日**（6月16日）会变成新奥尔良狂欢节这样的庆典。

就像乔伊斯的小说人物奥康纳先生对帕内尔的评价："我们都崇敬他——而他已经与世长辞。"（《都柏林人》的"会议室里的常春藤日"）

这位最擅长在作品里体现出自传性的作家，可能会对自己提出以下问题：

延伸阅读

詹姆斯·乔伊斯的作品方便易得,例如企鹅出版社的"20 世纪经典"平装本,其中提供了有益的注释。

关于乔伊斯及其世界的最佳入门书,当属理查德·艾尔曼那部引人入胜且细节详尽的传记《詹姆斯·乔伊斯》(*James Joyce*, Richard Ellman, Oxford University Press, 1984)。另外两部有益的介绍评著是安东尼·伯吉斯的《所有人在此:普通读者的乔伊斯指南》(*Here Comes Everybody: Introduction to James Joyce for the Ordinary Reader*, Anthony Burgess, Arena Books, 1987),以及威廉·约克·廷达尔的《詹姆斯·乔伊斯:诠释现代世界的方法》(*James Joyce: His Way of Interpreting the Modern World*, William York Tindall, Greenwood Press, 1979)。

想要更加深入了解乔伊斯的内心与家庭,可阅读理查德·艾尔曼编辑的《乔伊斯书信选》(*Selected Letters*, Faber, 1976)。同样值得探究发掘的是斯坦尼斯劳斯·乔伊斯那部精彩的回忆录《我哥哥的管护人》(*My Brother's Keeper*, Viking Press, 1958)。

其他质量上乘的乔伊斯评著包括休·凯纳的《都柏林的乔伊斯》(*Dublin's Joyce*, Hugh Kenner, Beacon Books, 1962)。威廉·约克·廷达尔的《詹姆斯·乔伊斯阅读指南》(*A Reader's Guide to James Joyce*, Thames and Hudson, 1959),对大众读者也极有帮助。这本书目前已绝版,但在一些条件较好的图书馆可以找到。

如果在阅读《尤利西斯》时需要帮助,斯图亚特·吉尔伯特逐章拆解这部小说的早期研究著作《詹姆斯·乔伊斯的〈尤利西斯〉》(*James Joyce's Ulysses*, Stuart Gilbert, Alfred Knopf, 1952)是一部佳作,但同样需要从图书馆借阅。类似情况还有韦尔登·桑顿的著作《〈尤利西斯〉里的用典》(*Allusions in Ulysses*, Weldon Thornton, Chapel Hill, 1968)。它对小说文本进行了逐页注解,揭示了文中的诸多疑团。关于乔伊斯及其构思方法,詹姆斯的朋友、康沃尔郡雕塑家弗兰克·巴吉恩的著作《詹姆斯·乔伊斯与〈尤利西斯〉的诞生》(*James Joyce and the Making of Ulysses*, Frank Budgen, Oxford University Press, 1989),可以提供一种非常近距离的视角。

安东尼·伯吉斯编写的《简版芬尼根守灵夜》(*Shorter Finnegans Wake*, Faber, 1966) 是关于《芬尼根守灵夜》的有益指南。坎贝尔与莫顿合著的《芬尼根守灵夜的万能钥匙》(*A Skeleton Key to Finnegans Wake*, J. Campbell and H. M. Morton, Harcourt, Brace & World, 1944) 或许要花一番功夫才能找到,但它有助于读者"破解"整个文本体系。至于想看这本书近乎逐字逐句"译本"的读者,不妨试一试罗兰·麦克休的《芬尼根守灵夜注解》(*Annotations to Finnegans Wake*, Roland McHugh, Routledge & Kegan Paul, 1980)。

致谢

伍德罗·菲尼克斯负责文字输入与排版。

感谢下列人士以如此敬业的精神担任本书主要角色的造型模特：David Lyttleton, Jo Anne Smith, Jane Kendrick, Joyce Smith, Keith Petchey, Richard Haigh, Ivan Cotterill, Mitzi Rosette, Chris Webster。感谢"泥瓦工吊臂"（The Bricklayers Arms）与"麦草垛"（The BarleyMow）提供酒馆场景。另外，还要感谢 Ed Hillyer 与 Garry Marshall。

另推荐卡尔·弗林特的作品："迷你经典礼物"系列的《尤利西斯》，这是戴维·拉斯基出版的一部迷你漫画书。

译者说明

1. 这本书里多次引用乔伊斯作品原文,而乔伊斯文字具有很强的实验性,尤其是他对声音节奏高度重视,所以译者除了需要努力把握原文的复杂含义,还要尽量还原他的声音感觉与行文节奏,并在不妨害理解的前提下,贴近他特殊的句式顺序,保留原文的标点符号用法。有些地方译出来看似语言不通,其实是为了不破坏原文自身的巧思安排,不能简单地视为病句或错别字。

2. 书中涉及的乔伊斯小说段落,分别对照过现有的不同中文译文。《都柏林人》和《一个青年艺术家的肖像》主要对照了黄雨石等人的译本;《尤利西斯》主要对照了刘象愚译本;《芬尼根守灵夜》目前只有戴从容译本的第一部可以对照。由于文字内容与风格上的理解存在一些差异,我又参照本书附录里提到的英文版权威研究著作,根据我个人斟酌过的语言风格进行了重新处理。

3. 书中引用的个别原始材料与其他权威版本在文字上略有差异(例如第37页乔伊斯给母亲的回信内容,遗漏了理查德·艾尔曼编辑的《乔伊斯书信集》里的几个字词)。一两处存在偏差的背景信息,亦有标注或调整。

4. 维柯的《新科学》是乔伊斯的重要创意来源,其中涉及的两个主要概念,即 historical circle/circulation 和 principle,我没有按照朱光潜先生的商务印书馆版《新科学》中译本处理为"循环"和"准则"。前一个词译为"回环",这样更能清楚体现《芬尼根守灵夜》两头合捻的结构;principle 按照朱光潜先生译序里的解释,选用了"本相"的译法并加注。

5. 受限于版面篇幅,脚注尽量简化。较为复杂的背景内容,例如贝尔韦迪尔学校主管康密既是堂区神父,也是耶稣会的省会长,这一条信息里涉及的宗教背景知识,解释起来比较烦琐,故不再加注。

索引

安娜·利维娅 5，154，159—169

诺拉·巴纳克尔 44—47
利奥波德·布鲁姆 108
弗兰克·巴吉恩 1，106

乔伊斯拒绝天主教 40
《室内乐》52
基督教兄弟学校 27
都柏林影院 56—57
回环叙事（《芬尼根守灵夜》）157
克朗戈斯伍德学院 16—17
  乔伊斯退学 24
独眼巨人 112

"斯蒂芬·代达洛斯" 3
斯蒂芬·代达洛斯 75—101，108
  "德莫特"，见塞缪尔·特伦奇
都柏林 4—10
  影院 56—57
《都柏林人》20，48，52—53，55，171
  出版 61
  《姊妹》66—74
  词语 64—65
灵显 74—75
"还有你，希利" 25
《流亡者》（剧本）102

对电影的兴趣 58—59
《芬尼根守灵夜》20—21，58，103，141—142，145—169
  回环叙事 157
  语言 148—149
  标题含义 155
西格蒙德·弗洛伊德 124

奥利弗·圣约翰·戈加蒂 49—50
幽默 2

亨瑞克·易卜生 32

詹姆斯·乔伊斯
  文学学位 29
  书评作家 34—35
  出生 11
  孩子 55
  女儿患病 144—145
  去世 170
  早期文章 28—29
  教育 14，16—17，27—29
  眼疾 103
  父亲 8，12
  父亲去世 143
  母亲 13
  母亲去世 38—41
  与《尤利西斯》43
  父母结婚 24
  在巴黎的贫困状态 36—37
  拖欠房租 59
  妹妹 41—42
  在苏黎世 52
约翰·斯坦尼斯劳斯·乔伊斯 19—23，151
  结婚 22
  日记记录 63
另见詹姆斯·乔伊斯，父亲
卡尔·荣格 144

休·肯尼迪 33

语言与乔伊斯 3
《一个青年艺术家的肖像》98—99
利菲河 153—154，159—169

致卡洛·利纳蒂的信 105
马特洛炮塔 49—50
蒙塞尔公司 55, 60
《变形记》79
乔治·莫尔 11
玛丽·简·穆雷 22
《尤利西斯》里的音乐 132—133

"都市夜色" 30
《奥德修纪》107
巴黎 34—37
查尔斯·帕内尔 23—26
《肖像》84—87
剧作,《流亡者》102
《一个青年艺术家的肖像》12, 13, 14, 76—102
    第一章 82—83
    第二章 84—87
    第三章 88—91
    第四章 92—97
    第五章 98—99
    评论家 102
    开篇章节 82—83
    投稿 48
妓女 30—31
出版商 55, 60—61

书评人乔伊斯 34—35
格兰特·理查兹 61—62
"丹媞"·赖尔登 14

精神分裂症,女儿患病 144—145
"精心刻画的卑俗",《都柏林人》62
    蕴意 64
性主题 3, 30—31
《塞壬》,《尤利西斯》128—133
《姊妹》66—74
《斯蒂芬英雄》32, 48, 52, 75
短篇小说 48
意识流 124—127, 147
瑞士 52

塞缪尔·特伦奇 51
《尤利西斯》20, 49, 51, 103, 105—138
    乔伊斯的母亲 44
    小说的音乐性 132—133
    出版 139

艾琳·万斯 15

哈丽雅特·韦弗 104, 145, 169

威廉·巴特勒·叶芝 38, 54

图画通识丛书

第一辑

伦理学
心理学
逻辑学
美学
资本主义
浪漫主义
启蒙运动
柏拉图
亚里士多德
莎士比亚

第二辑

语言学
经济学
经验主义
意识
时间
笛卡尔
康德
黑格尔
凯恩斯
乔姆斯基

第三辑

科学哲学
文学批评
博弈论
存在主义
卢梭
瓦格纳
尼采
罗素
海德格尔
列维-斯特劳斯

第四辑

人类学
欧陆哲学
现代主义
牛顿
维特根斯坦
本雅明
萨特
福柯
德里达
霍金